JN095075

希望の灯よいつまでも

退職・透析の日々を生きて

佐川和茂　著

大阪教育図書

はしがき

僕は、二〇一七年三月に退職したので、定年後の人生では、まだ新米である。
千葉県の高等学校を卒業後、江戸川区の特定郵便局で二年、埼玉県朝霞と六本木の在日米軍基地で十一年七ヶ月働き（この間に勤労学生として、夜間の大学や昼間の大学院に通い）、そして青山学院大学の経営学部で三十七年の教鞭をとったことを含めると、仕事を半世紀以上続けてきたことになる。

この過程で、非常勤講師もいろいろ務めてきた。子供たちに英語を教えた原口塾、クラスが常に蜂の巣を突いたような商業高等学校、中級幹部養成講座であった電電公社の中央学園、英会話学校であった東京英語研修所、そして大東文化大学や法政大学や工学院大学などにおいてである。それぞれが懐かしい思い出だ。

ところで、僕が所属している学会では、八十代になった先生方が、まだ活発に研究発表を展開しておられる。それは、透析治療を十年以上続けている僕にとって、はるかに遠い希望の灯である。難病を抱えた身でそこまでたどり着けるかわからないが、ただ、僕の生きがいであるユダヤ研究やカラオケやささやかな福祉活動を、一日でも多く楽しめるよう祈るしかない。

ユダヤ系経営学者ピーター・ドラッカーを人生の師と仰ぐボブ・バフォードは、『最期を飾る』の中で述べている。今や人生五十年の時代と異なり、退職後の二十～三十年を「生産的に生きる」ことは、高齢化の時代にふさわしく、それは不完全で矛盾の多い現世をささやかでも修復することにつながるのではないか、と。退職後の期間は、ただ穏やかに過ごし、死を待つのではなく、充実した活動を展開し、もう一つ花を咲かせる機会だというのである。そこで、僕を含めた退職者は、第一線から引いた後でも、何か有意義なことを実践し、周囲に良い影響を与えるよう心掛けるべきだろう。まだやるべきことがあるのだと奮い立ち、何らかの意味で社会にも貢献することが、第二の人生である。熱情を持って生き、生涯学習を楽しみ、最期を飾りたいものである。

たとえ僕のように透析患者・難病患者になっても、それで人生に幕が閉ざされるわけではない。工夫しだいで、新しい可能性を見出すことができるのだ。少子高齢化の時代であるからこそ、難病患者を含めて、老若男女がそれぞれ生産性を発揮する工夫をしなければ、社会の運営が難しくなるだろう。

本書の目的は、透析患者・難病患者である僕が、いかに退職後の生活を運営するか、を模索するものである。

当然ながら、試行錯誤の過程であるが、毎日、ある時間を用いて、こうした文章を書き、それを読み返し、推敲することは、「いま、ここに」をいかに生きるか、を考えさせるとともに、いつ訪れるかもしれない「最期の日」に至る生涯運営計画を築く上でも有益である、と思えるのである。

これまでに出した『楽しい透析　ユダヤ研究者が透析患者になったら』（二〇一八年）と『青春の光と影　在日米軍基地の思い出』（二〇一九年）に続くものとして、本書を綴ってゆきたい。

退職後の日々を生きて

新しい枠組み

さて、多くの人は、定年退職に伴い、それまでの生活の枠組みを失ってしまう。職場、会議、肩書などを失くし、一種の虚脱感に襲われるかもしれない。

ここで理想を言えば、人は退職前のものに代わる枠組みを築けばよいわけである。新しい枠組みとして、どのようなものが考えられるだろうか。

その一つは、第二の人生における目的だろう。退職後の人生を生きる意味は何か。いかなる行動規範で過ごすか。いかなる達成を目指すのか。

すなわち、登る山をもう一つ設定するのである。それによって、新たに挑戦する気持ちが沸き起こり、若さを取り戻し、生き甲斐を感じるだろう。

退職後の人生に目的があることは、大切である。目安がはっきりしていれば、それを達成するために、今日は何を成すべきか、という「逆算方式」で日々を営めるだろう。

朝起きた時に、やるべきことが分かっていれば、気分は爽快である。反対に、それが曖昧であれば、何をするにせよ、ぐずぐずと遅れてしまい、気分が滅入ってしまうかもしれない。いずれにせよ、何をやる場合でも、土台というものは大切である。土台がしっかりしていなければ、建物は崩れてしまう。それは、たとえば、研究に関しても、同様であろう。何のために研究をするのか、という土台がしっかりしていなければいけない。

そして、研究成果を、各自の生涯運営計画に集約してゆくべきだろう。研究が生きることに結び付かなければ、意味がないからである。

退職年齢とは

企業や官庁など、何らかの組織に勤めていた人には、各職場によっていわゆる定年退職の年齢が、たとえば、六十歳、六十五歳、七十歳などと、決められているだろう。しかし、個人によって心身の衰えは、まちまちである。ある人は、六十歳を過ぎると急速に下り坂になるかと思えば、八十歳を超えてもなお元気な人もいる。

したがって、一応の退職年齢を定めることは、やむを得ないかもしれないが、個人差も考慮し、それを柔軟に運営してゆくことはどうであろうか。仕事が無理になった人には、早期退職を促し、いっぽう、老いても働く意欲がある人には、何らかの形で職場に残ってもらう。そのような柔軟性は、少子高齢化社会の活性化や生産性につながるものではないか。

ところで、農林漁業の従事者、職人、自営業者、医者、芸術家、研究者などにとって、退職年齢は、多くの場合、本人が決めるものだろう。七十歳を超えても、元気で田や山や海で働く人がいる。八十歳を過ぎても仏像を彫り続ける人がいる。最期の日まで、ピアノを弾き続ける音楽家がいる。これらの人々は、職人気質によって、この世に良い仕事を残してゆくのだろう。

こうして見てくると、どのような最期を迎えるか、を考慮し、将来の職業を決定することが大切になってくるのではないか。それは各人の好みや適性にもよることだが、職業の発見と発展を助ける意味で、教育、そして生涯学習が重要になってくるだろう。

生き方

研究者にとって、研究が本当に自分の生き方と密接に結びついているか。それは、退職後も研究を継続するか否かの一つの岐路になるだろう。

研究を楽しむとは、生きることを楽しむことである。研究の多様性を愛することは、生きる多様性を愛することである。研究テーマを大切にすることは、生きる上で目安を重視することである。研究の体系性を重視することは、生き方に一本の筋を通してゆこうとする態度と共振している。

そもそも生きるとは、どういうことか。神に似せて創造されたという人にとって、生きるとは、創造的であり、生産的であることだろう。それは、おそらく一般の価値観と異なり、金銭や名声や権力を求めることではないだろう。最優先事項は、自分が楽しく熱中できることに没頭することだ。そこに幸福が得られ、食べるだけの収入が伴えば、良いではないか。

各人がそれぞれ楽しく熱中できることに没頭し、その結果として食べてゆけるだけの物質生活を確保できるのであれば、無益な生存競争は減少し、現世は幾分か修復されるのではないだろうか。

人は、多くの偶然を経て、せっかくこの世に生を受けたのであるから、できるだけ創造的に、生産的に過ごしてゆかなければ、結局、自分が損ではないか。

繰り返しになるが、生きるとは、十九世紀のアメリカ作家ヘンリー・デイヴィッド・ソローや経営学者ピーター・ドラッカーや精神分析医エーリッヒ・フロムも述べているように、「創造的・生産的に」生きることではないだろうか。

ソローは、ウォールデンの森で簡素な生活を送る実験をした結果、「一年に六週間ほど働けば衣食住を賄えるので、残りの時間を自然観察や思索や執筆に費やした」と述べているが、これは誠にうらやましい生き方である。ソローにとって、この世に生きることは、決して苦しみではなく、楽しみだったのだ。

僕は若い頃、勤労学生として、しゃにむに働いたり、めくら滅法に動き回ったりしたが、当時それはやむを得なかったこととはいえ、ソローから見れば、愚かな生き方であったわけだ。

ところで、退職者の生活は、うまく運営すれば、ソローの生活に近いものになるのではないか。たとえば、非営利組織で奉仕活動をし、残りの時間を自分が熱中できる対象に振り向けるのである。僕の場合、それは、ユダヤ研究や歌を歌うことである。ソローの『ウォールデン』や『メインの森』や主要エッセイを味わいながら、充実した退職生活を営みたいものである。

偉大な思想の流れ

歴史や宗教や文学を含む偉大な思想の流れに身を浸して、日々を送ることは大切だろう。それによって気持ちが明るくなり、積極的になるだろう。偉大な思想をできるだけ血肉化し、自分の生き方に反映させてゆきたいものである。

多くの人々が偉大な思想の流れに身を浸すことが、いろいろな機会に可能となるような日本の社会になってほしい。そのために講演があり、講義があり、研究発表会があったりするのだろう。

また、偉大な書物は響き合う。偉大な著者や思想家も響き合う。そうした響き合いの中で、偉大な精神の流れが築かれてゆくのだ。そうした精神の流れに我が身を浸してゆきたいものである。

退職後、研究に携わる生活において、無味乾燥で浅薄な内容を避け、優れて生産的な精神伝統に身を浸してゆかなければ、意味がない。それは、楽しいことであり、生き甲斐になるだろう。そうでなければ、研究の継続は難しいだろう。価値ある精神伝統を選んでゆかなければならない。

たとえば、ユダヤ系作家の作品やドラッカーの著作やソローの『ウォールデン』を交互に読みながら朝を迎えることは、すがすがしい気持ちで一日を始めることになる。日々のこうした繰り返しは大切である。それは各人の生産性に大いにかかわってくるだろう。

反対に、殺人や暴力などの満載されたニュースを聞いて、幻滅して一日を始めるのは、士気をくじくことになるかもしれない。ニュースは大概悪い内容であるし、それが凝縮されて繰り返し報道されることは、果たして人の魂に利益をもたらすだろうか。かなり疑問である。

誰しも心身に有害なニュースを聞いて、一日を始める必要はないのだ。

テレビやラジオは、その気になれば、古今東西の優れた文学作品や音楽を視聴者に提供できるはずであるが、実際は、その代わりに、まともな人が視聴すれば耐え難いような屑を洪水のように流し続けている。挿入される広告も低俗であるが、それに扇動され、不要なものを購入し、家の中を乱雑にしている人も少なくないだろう。

不要なものがあふれている状況は、人を幸福にしない。物質的な過剰は、精神の混沌を招くだけである。

その代わりに、自分が本当に長年愛用するもので周囲を囲むことは、どんなに気持ちを和やかにしてくれるであろうか。たとえば、僕は息子が学童保育の時代に作ってくれた「鉛筆立て」を三十年近く愛用している。もちろん、素朴な作りであるが、この鉛筆立てによって、どれだけ心が慰められ、仕事がはかどったことかはかりしれない。

また、書斎の本棚は、自分が何回も愛読し、その中の重要文を何回も筆写し、論文の対象にも用いた書物で埋めるように努めている。本がきちんと読まれ、分類され、整理されていることが望ましいだろう。また、熟読した名作の要点がきちんと整理され、ＵＳＢに記録され、それが人の魂の要素を構成していることは、理想的だろう。

反対に、どこにどの本があるのか見当もつかないような乱雑ぶりは、その人の精神の混沌を象徴しているのである。

環境の影響

人に与える環境の影響は大切なものだろう。

たとえば、モンゴルでは、伝統的な騎馬民族として、子供たちは小さいころから馬を乗り回し、十歳前後で世界最大の馬レースに出場するという。これでは足腰や瞬発力が鍛えられ、モンゴルから何人も大相撲の横綱が誕生することが頷けてくる。

また、カンボジアでは、大きな湖で水上生活を送る人々がいるが、そこで子供たちは、水泳やボート漕ぎに習熟している様子である。

さらに、イスラエルでは、たとえば病院の看護師たちが、「ヘブライ語、英語、アラビア語、ロシア語を見事に切り替えながら一人ひとりの診療者に投与すべき薬の指示を行う」（『イスラエルを知るための六十章』）多言語の環境が存在している。

翻って日本での環境を眺めてみよう。たとえば、透析患者の恵まれた環境である。病院は冷暖房完備であり、照明も優れ、透析ベッドは屈伸が可能である。医療関係者は、研修を積み、親切である。税金による手厚い保護もあり、まさに至れり尽くせりである。

ただ、環境があまり恵まれ過ぎていると、人はかえってダメになるのではないだろうか。たとえば、厳しい環境に生きるイスラエルでは、一九四八年の建国以来、すでに十二名のノーベル賞受賞者を輩出しているが、原油に恵まれたアラブ諸国の場合、長い歴史を持つエジプトでさえわずかに四名、そのほかのアラブ諸国ではほとんど皆無である。

そこで、透析患者は、イスラエルとアラブ諸国の比較も考慮し、恵まれ過ぎた環境に溺れることなく、透析中に何らかの生産性を挙げられないだろうか。各自の工夫が期待されるところである。

創造的に、生産的に

聖書によれば、人は神に似せて造られたのであるから、創造的に、生産的に生きることが、神の明らかな属性に沿うものなのだろう。

在職中、単に職場に寄りかかっているのではなく、創造的に、生産的に生きていた人は、退職後も研究を辞めることはないだろう。いっぽう、研究室があるから、研究費が支給されるから、紀要があるから、教授だから、という単なる名目によって、年に一編の論文を書くか、書かないか、という段階でやっていた人は、退職後に果たして研究を継続するか。かなり疑問である。

創造的に、生産的に生きていないと、欲求不満が増し、他人を批判したり、苦々しい思いが募ったりしてくるだろう。それは、自他を巻き込む破壊的な衝動につながってゆく。ヒトラーがその最悪の例である。これでは、一緒に暮らしている家族や、周囲の人々はたまったものではない。それを避けるためにも、また、自らが楽しく生きるためにも、創造的・生産的な生き方は大切だろう。

また、難病にかかったら、「これで俺の人生は終わりだ！」と悲観的になったり、漫然とテレビを観ていたり、くだらない娯楽にうつつを抜かしていては、どうしようもない。

創造的・生産的に生きるほうが、いろいろな意味で、物事が好転してゆくだろう。それは、作家の三浦綾子さんの見事な例に見られるように、特に難病患者に望まれる生き方である。

ところで、創造的・生産的な生き方と言うと、何事においても「もう一押し」が大切である気がしてくる。それは、運動の世界でも芸術の世界でも職人の世界でも同じであろう。自分が究めようとしている対象に対して、「この辺で妥協しておくか」と手を抜くのと、「もう一押し」頑張って、水準を高めておくのとでは、大きな違いが生まれることだろう。たとえば、野球選手であったならば、三回に一安打することと、四回に一安打することとの違いになるかもしれない。それは選手の年棒にも大きく響くことだろう。

読書に関しても、本をざっと読んで、「面白かったよ」で終わりにするのでは、せっかく時間をかけたのに、ほとんど何も残らないだろう。しっかりとした内容の本であるならば、下線を引いた部分を読み返し、印象深い文章を筆写し、内容の要点や感想をまとめて記録し、それがどのような思想の流れに集約されるのか、そしてほかの書物との響き合いは何か、など確認していったほうが、はるかに有益だろう。読書に関しても、「あと一押し」が長い間に大きな違いを作ると思う。

第二の人生

仮に定年退職までの人生が不遇であったとしても、まだ、第二の人生が残っている。それをどのように営むかは、誰にとっても、いかに大切であることか。

仮に定年退職した六十代の夫婦が、先細る年金に頼りながら九十歳まで生きながらえるとすると、ここで問題となるのは、果たして年金が十分であるかという心配に加えて、その約三十年をいかなることで満たすのか、ということである。有意義な形で過ごすならば、かなりの達成が期待できそうな期間であるが、果たしてどうなるであろうか。

たとえば、非営利組織に所属し、奉仕活動によって社会に貢献するのも有意義である。非営利組織は、建設的な奉仕者を多く得ることによって、発展できよう。定年退職後の人々が、社会貢献を目指し、人生の最期を飾るべく集まってくる。そのように動機の高い人々をいかに適材適所に就かせるか、が非営利組織における経営責任者の腕である。そこでは、個々の強みを生かし、その実力を集約し、合わせて組織内での協力が発揮されねばならない。

あるいは、放送大学などで勉強を継続することは、生き甲斐になるかもしれない。心理学、文学、哲学、精神分析学、歴史、宗教などは、人生経験に乏しい青年時代に学んでも、十分に理解できない分野である。それらを定年退職後に再び学ぶことは、生きて学ぶ味わいが深まることだろう。放送大学では、九十歳を超えても学んでいる人がいる。今後、一般の大学でも、成人学級が増えてゆくかもしれない。

第二の人生に関して、八十五歳で亡くなった僕の父と、九十六歳で他界した僕の母の場合を書いておこう。

父は若い頃、病弱であり、町役場に良い仕事があったのに、そこに勤める自信がなく、しばらく道路工事などの肉体労働をしていたようである。そのようにして弱かった身体を鍛えたのだ。その後、父は農業協同組合に就職したが、給料は安く、五十五歳まで働いて得た退職金は、僕の弟が小型バイクを買ったら、消えてしまうような額だった。

そこで、父は、農協を退職後、朝五時に起き、マイクロバスに乗って京葉工業地帯まで出稼ぎに行った。僕は、高校三年生の時に同じ工業地帯で臨時に働いたことがあるので、そのつらさを体験している。たとえば、当時、通勤道路が悪く、マイクロバスが大きく揺れ、頭が天井にぶつかった。また、仕事中、造船のパイプを運んでいた時、危うく指を怪我するところだった。父は、そのような職場に何年も通ってくれたのだ。朝、「ああ、もう少し寝ていたいなあ」と漏らしていたものだ。騒音のひどい工場で長年働いた結果、父は難聴になってしまった。

工場の仕事を解雇された後、父は、家で細々と農業をやり、ビニールハウスで野菜などを作っていた。父が亡くなる前に栽培していたスイカが、その年は大当たりだった。「これはお父さんからの贈り物だね」と家族で話し合ったものだ。

いっぽう、母は、父より十歳若かったが、小柄ながら田畑でよく働いた。今では信じられないことだが、中学や高校時代に、僕も母の手伝いをして、重い荷物を背負い、急な坂を上り下りし、田畑を耕作していたのだ。家は貧しい兼業農家だった。父の安い給料、そして母の農業で、細々と暮らしていたのだ。

労働に明け暮れていた母は、六十代になって脳血栓で倒れた。長く床に就いていたが、幸い後遺症も残らず、回復した。その後もずっと農業を続け、家を継いでいた僕の末弟が亡くなり、家族が崩壊した後も、独り残された母は、精神的に折れることなく、九十二歳になるまで、故郷の家や畑や山を守ってくれたのだ。

独り暮らしが無理になった時点で、母は、埼玉の僕の家族と同居したが、新しい環境で挫けることもなく、家族全員が仕事を持つ活発な雰囲気の中で、家の内外を掃除し、家庭菜園を営み、埼玉で四年三ヶ月も長生きしてくれた。母は、昔で言えば、尋常小学校を出ただけであるが、余暇は読書にいそしみ、本棚二つ分くらいの分量を繰り返し読んでいた。最期の日にも、いつも通り朝四時に起床し、家の内外を掃除し、読書をし、洗濯の準備もしていたが、入浴中の心筋梗塞によって旅立っていった。

振り返ると、思う。父も母も高齢に至るまで第二の人生を懸命に生きていたのだ、と。二人とも高齢に至るまで農業という仕事があったことは、本当に良かったと思う。最期まで生産者であり続けたのだ。また、父は園芸、母は読書という趣味があったこともありがたいことであった。仕事と趣味は、第二の人生を送るうえで、本当に大切だろう。

一般論として、人は、趣味にせよ、何にせよ、何か打ち込む対象を持っていないと、退職後の第二の人生を送るうえで、砂漠のような老後になってしまうのではないか。理想を言えば、そのような打ち込む対象を、退職するずっと以前から準備しておくべきだと思う。もしそれがない場合は、退職後に遅ればせながら、気力を振り絞って、何か開拓すべきだろう。

ところで、夫が退職後に、夫婦ともに健在でいることは、それ自体は大変喜ばしいことだろうが、ここでも夫婦がそれぞれ打ち込む対象を持っていないと、夫婦の生活に不満や倦怠が募り、夫は妻に「粗大ゴミ」のように疎ましく思われ、熟年離婚へと発展しないとも限らない。

僕の友人夫妻に、夫は研究者であり、妻は人形劇座の座長として長年頑張っている例があるが、これは理想的だろう。夫と妻のそれぞれの分野は違うが、それぞれ打ち込む対象を持ち、互いの分野や活動を尊敬し、夫婦関係を円満に保っているのである。

いっぽう、僕たち夫婦は、そこまで円満であるかわからないが、それでも夫婦生活を何とか五十年近く維持しているのである。僕はユダヤ研究に打ち込み、朝食と昼食を自分で準備し、食事が終われば、二階の書斎にこもって、読んだり、考えたり、書いたりしている。妻のほうは、黒人文学に興味があり、翻訳にも打ち込んでいるので、二人が共に食事をするのは夕食のみであるが、それでも何とか夫婦関係を半世紀近く維持しているのである。

僕の父の場合は、前述したとおり、園芸が趣味であり、家の庭を美しい草木で満たし、畑や土手に柿・栗・梨・イチジク・蜜柑などを植えてくれ、それは父の死後も、僕たち子孫に喜びを与え続けているのである。いっぽう、母は、昔で言えば、尋常小学校を出ただけであるが、生涯を通して読書に励み、「お前の書いたものは、難しくて、よくわかんないよ」と言いながらも、僕の本や論文にも目を通してくれ、そのような母の積極的な態度に僕は深く感謝している。

二〇一九年七月現在、七十一歳になった僕から見ると、父や母の姿ははるかに遠い希望の灯である。透析を受け、一日一日を必死に生きている僕には、そこまで到達できるかわからないが、いずれにせよ、「とても父や母にはかなわないだろうな」と思う。

楽しさ

「とても父や母にはかなわないだろうな」と思いつつ、それでも僕は、定年退職後の日々をユダヤ研究、歌を歌うこと、そしてささやかな福祉活動に時間配分し、楽しく生きようと努めている。

ユダヤ研究は、歴史、宗教、文学、商法を含めて、関連分野が芋づる式に出てくるので、僕のように、長く勤労学生であり、基礎研究を十分に行う余裕のなかった者にとって、定年退職後も研究に励まなければ、どうにも格好がつかないわけである。

それでも、僕が働きながら大学や大学院を出たことには、それなりに意味があったかもしれない。ただ、若さに任せて奮闘したが、やはり、絶対的な時間不足もあり、研究の下地を十分に整える余裕がなかったことは、残念ながら事実である。下地が整っていたならば、その後の研究の幅や発展に大きな違いが出ていたことだろう。

こうした反省に立って、退職後も研究を継続し、不十分なところを補ってゆくしかない。「時間があったら、もっと勉強できたのに、悔しい！」というハングリー精神が消えることはないが、この精神を退職後にも活かし、青春時代の不足を修復してゆきたいものである。

しかし、考えようによっては、老いても、ハングリー精神を燃やし、研究に没頭できることは幸せではないか。勤労学生の苦しみを味わったことが、老いて学ぶ楽しさを増しているようだ。「苦しみを味わうことがなければ、甘みもわからないのだ」とユダヤ人のことわざも言う。

そこで、継続するための鍵語は、やはり「楽しさ」であろう。楽しくなければ何事も継続できない。研究も、それが生活の一部になり、呼吸するように、毎日継続するものでなければならない。楽しい研究が、退職後の生活となれば、全体に活気がみなぎるだろう。「老いを楽しむ者は、幸いである」と、再びユダヤ人のことわざは言う。

僕は毎日、ユダヤ研究やその関連分野の本を十数冊交互に読み、またその中の印象深い文章を筆写し、その過程で連想によって浮かび上がってくる考えを、ＵＳＢの該当項目に挿入しているが、このこと自体が大変楽しい。読むだけでなく、筆写することは、あたかも作者の気持ちに添うようで、大変楽しいものである。

また、僕は数編の論文を交互に執筆しているが、一つの内容に行き詰まると、別の論文に移るようにしている。すると、論文同士が響き合うことがあり、そのこともまた楽しい。こうしたことの繰り返しで、一日の大半が過ぎてゆく。

当然のことだが、楽しくなかったら、定年退職後に論文執筆をすることなどは、まずないだろう。

また、これは、在職中に楽しく論文執筆をしていたか、という態度にもかかわってくると思う。在職中に楽しみでなく、あたかも義務であるかのように、いやいやながら、また、苦しみながら書いていたような場合、退職後にそれを継続することは、まずないだろう。

一般論として、研究とは、年齢を重ねるにしたがって成熟してゆくものではないか。前述したように、宗教、哲学、歴史、心理学、文学などは、人生経験の乏しい若い時代には、十分に理解できない科目ではないだろうか。もしそうだとしたら、退職後にそれを放棄してしまうことは、研究者自身のためにも、また、文化の発展のためにも、もったいないことである。

論文を執筆していて、「この点はどうしてもわからない」とか、「僕の人生体験ではこの点はまだ理解できない」とかいう部分が出てくると思う。それは、正直にそのように記述しておいたらどうだろうか。自分に正直であるためである。『知的生活の方法』において渡部昇一さんも「知的な正直さ」の重要性を説いている。そのように書き記しておいたことが、定年退職後に分かってくるかもしれない。それを退職後の論文執筆計画に含めたらどうだろうか。

渡部昇一さんは『知的生活の方法』で、「研究業績を挙げるための最低限のテキストと、より多くの参考文献を読む」といういわゆる文学研究を皮肉っていたが、おそらくそうした態度では、あまり楽しくないだろう。それは、文学の楽しさから逸脱したものではないか。

むしろ、ノーベル文学賞を受賞したユダヤ系アメリカ作家ソール・ベローが言うように、「名作を通して、自己の魂の在り方を構築する」(『ソール・ベローとの対話』)という態度が、文学研究に望まれるだろう。世の中に多く存在している名作を、自己の魂に血肉化するまで読みこなす。もちろん、論文の対象となる作品は、何十回でも読みこなす。それは、作品と自己との限りない対話である。そのような真剣な読書をしていれば、批評書が指摘するようなことを自分の力で把握できるであろうし、また、そのほうが自己の体系化に役立つだろう。

死の認識

誰も死を避けることはできないが、その死の認識が曖昧な場合、生の意識もいい加減なものになってしまい、つまらないことに莫大な時間を浪費してしまうだろう。反対に、死を意識することによって、生きているという事実を含めて、小さな喜びが大きな喜びに変わるかもしれない。

根本的に、人は順境と逆境の格差によって、喜びの感じ方が違ってくるのではないか。大きな苦難を経た者は、大きな喜びも感じることになる。死の認識は逆境の最たるものなので、それを根本にしっかりと押さえて生きることは、逆説的に、生を楽しむことになるだろう。

山崎豊子さんの『白い巨塔』に挿入された物語にあるように、「あと半年生きていられたら」という悲痛な思い、あるいは、『ユダヤ教入門』に見出される「明日が最後だと思って、今日を生きる」という文章を考えてしまう。また、高校時代に古典の授業で、『徒然草』や『平家物語』を読み、「一寸先は闇なのだ」と感じたことを思い出す。これらのことは、「いま、ここに」を濃密に生きようとする上で参考になるだろう。

誰にも死という避けられない最期があるのだ。最期を考え、目安を持って生きていなかったら、どうしようもない。だらだらと生きるか、あるいは、つまらない娯楽に身をゆだねてしまうか。そのようなことでは、生きているとは言えない。

死を真面目に見つめて、しっかりと生きなければならない。その際、暴力や殺人などをまき散らしているテレビ・映画・新聞・雑誌などを、適当にあしらっておかなければ、人生を浪費してしまう。また、マスメディアが煽り立てる物品の過剰な消費に関しても、警戒しなければならない。

生活の質を上げるために、じっくりと味わえるものを選び、それで自分の周囲を囲むことは、気持ちを安定させるだろう。

ふと思う、死を見つめて生きることの大切さとともに、あたかも一度死の淵を渡ったような気持ちになって生きることも可能ではないか、と。ちなみに、年寄りはよく言うかもしれない、もう一回人生をやり直すことができるならば、いかに振る舞うかは、心得ているよ、と。こうしたことも参考にしながら、あたかも死の淵からよみがえったような気持ちになって、退職後の残りの人生を歩むことも試してみる価値があるのではないか。

ところで、斎藤茂吉が「死に近き母に添い寝のしんしんと遠田のかはず天に聞こゆる」と歌ったように、日本においても以前は自宅での死が普通であった。

自宅において死にゆく者は、意識があるうちに人々に感謝や別れの言葉を述べ、そして、家族、親族、愛犬などに見守られて、世を去っていった。そして、地域の人々もその死の体験を共有したのである。

このように死に真面目に対処することは、生を考える上で大きな教育効果をもたらすものではないか。各々の死が周囲に与える影響は計り知れないものであり、その集積は、全国的に幅広い教育的な効果をもたらすだろう。

高齢化の進む社会では、今後、病室の不足が生じて、再び自宅での死が増えてゆくかもしれない。それに伴う負担に工夫して対処しなければならないだろうが、そのことが生と死を真剣に考える端緒となってくれることを期待したい。

それにしても、死に関して、ふと社会の運行を想定し、その運行のささやかな一環としての自己を思う。自己の死は、たとえば、イソギンチャクの一片の細胞の死のようなものかもしれない。その一片が亡くなっても、イソギンチャクは生き続けるのだ。

自分らしさを取り戻す

退職後の日々は、自分らしさを取り戻す期間かもしれない。在職中は、職場の雰囲気や同僚との間柄を考慮し、自分を抑えてきたことも多かったかもしれないが、退職後は自分と向き合う時間が増えるからである。

そこで、一般論として、新聞、テレビ、ラジオなど、マスメディアに自己を無防備にさらすことは、危険であるかもしれない。たとえば、新聞を眺めればわかることだが、一貫性の乏しい、脈絡のない記事が雑然と並んでいる。これを読んでいたのでは、頭が混乱してしまうだろう。せいぜい、自分の生涯運営計画に集約できる記事を選んで熟読し、できれば、それに対する批判的・建設的な意見をＵＳＢの該当項目に書いてみることはどうだろうか。

テレビに関しても、残念ながら、性や暴力にまみれた俗悪番組がひしめき合っている。その中に頻繁に挿入される広告も低俗である。それは、人間の最低の欲望を満たすような内容だ。このような内容を長時間観ていれば、神経がおかしくなってしまうだろう。

実際、マスメディアの圧倒的な影響にさらされ、各人はその魂をじっくり顧みる余裕がないかもしれない。本来は、社会の影響とは適当に交わり、自らがこれはと思う仕事に没頭すべきなのである。それが、俗世間ではなかなか難しい状況であるが、退職後は、それが比較的容易になるかもしれない。生きているうえで大切なことは、各人が持てる強みを発揮し、その個性をできるだけ伸ばすことではないか。

そこで、退職後の日々は、自己を掘り下げる期間かもしれない。と言うのは、職業生活を営んでいる限り、社会の円滑な運営と自己の独特な発展との間には、齟齬が生まれるだろう。

組織に属していれば、自己を殺すような状況もしばしば存在するだろう。

それが退職後は、いわば組織から解放され、社会の歯車より外れ、以前より自由を得たのである。問題は、この新しく得た自由を、いかに創造的・生産的に活用するかということだろう。

したがって、退職後は、自分らしく生きることに費やし、自分が好きで熱中できることに没頭すべきである。あたかも松や銀杏や椎のように、それぞれの性格に沿って、実を結ぶよう努めるべきだろう。

自由

退職後は、毎日が「日曜日」となり、有り余る自由時間を持て余す人も少なくないかもしれない。精神分析医のエーリッヒ・フロムも『自由からの逃走』で述べているように、よほど成熟した人でないと、自由を創造的・生産的に活用することは難しいかもしれない。科学技術が発達し、大量生産が可能になり、われわれの生活には物があふれ、昔と比べれば、労働時間が減ったかもしれないが、せっかく得た自由を活用できず、不安や無力感に苛まれ、あるいは、それを些末な娯楽に浪費している人が少なくないのではないか。

これもフロムが説くように、自由を創造的・生産的に活用する工夫が、各人に望まれよう。換言すれば、破壊的ではない方法で、各自が何か打ち込む対象を見出すことである。創造的・生産的でない場合、人は破壊的な衝動や、よからぬ願望に身をゆだねる危険が増してくるからである。

ところで、「七十歳を過ぎて、ただの人になって、何が悪いことがあろうか」。山崎豊子さんの『不毛地帯』に出てくる言葉である。その通りである。七十歳を過ぎて、ただの人になって、退職後、できることに没頭するしかない。僕の場合、それは、ユダヤ研究であり、歌を歌うことであり、そして、ささやかな福祉活動をすることだ。これに飲食を楽しむことを付け加えても良い。とにかく、自由時間はたっぷりあるのだから、これを自分が本当に楽しめることに使わなかったらもったいないではないか。「青山学院大学名誉教授」の肩書は残っているが、退職後の自由をせいぜい楽しみ、不名誉なことをしでかさないよう注意しなければならない。

ふと考えてみれば、定年退職後の人生は、「研究休暇」のようなものである。僕は、在職中、研究休暇を一回しかとらなかったが、それで十分なのだ。定年退職後の人生を、研究休暇のように見なし、それを充実させ、成果を挙げてゆけばよいのである。誰もが退職後、そのようにできるわけではないのだ。

いくら自由があっても、それを生産的に活用する意味や方向性がなくては困るが、その点、定年退職者は、物質的には質素に、精神的には高雅に生きた、芭蕉、良寛、種田山頭火、あるいはヘンリー・デイヴィッド・ソローなどより学ぶことが多いだろう。

あるいは、鈴木大拙の禅を説く著作を愛読し、禅がかかわりを持つ新渡戸稲造の『武士道』や、岡倉天心の『茶の本』や、芭蕉の俳句に親しむことはどうだろうか。人の魂に深く分け入ってゆくことを誘うそれらの書物によって、日常生活の倦怠がもたらす魂の眠りに覚醒をもたらし、創造的、生産的な生き方を求めることも可能だろう。実際、禅、武士道、茶道、俳句なども日常生活において生きた力にならなければ、あまり意味がないのだ。

精神の張り

退職後も研究を継続することによって、精神の張りを維持し、言動を俊敏に保ち、爽やかに生きることができるだろう。反対に、退職後に精神の張りを失くし、牛のよだれのような愚痴を繰り返すようになったら、本人も周囲も困るだろう。

三浦綾子さんが言う「精神の日雇い」(『光あるうちに』、『道ありき』)として暮らすことは、比較的たやすいかもしれない。その日その日の気分によって、気晴らしになることを楽しんでいればよいのであるから、ある意味で気楽である。

しかし、そこには方向性や持続性がなく、焦点が欠けている。換言すると、行動の目安がない。これでは、長期にわたって、生産性を維持できないだろう。十年後、あるいは、二十年後にも、あまり進歩がみられないということである。単に齢を取っただけだ。

退職後も研究を継続し、それなりに精神の張りを維持して爽やかに生きていれば、それが周囲に及ぼす影響は、決して小さくないだろう。それは、一緒に暮らす家族や、親族や、友人や知人などに、徐々に広がってゆくかもしれない。

たとえ限定された範囲であろうと、それなりに周囲に好ましい影響を及ぼしながら、生きてゆきたいものである。

対話

これまでの人生で親しんできた作家たちがいる。たとえば、ユダヤ系では、ソール・ベロー、バーナード・マラマット、アイザック・バシェヴィス・シンガーたち、そして日本では、中野孝次、村上春樹、三浦綾子たちである。このほかにも、経営学者のピーター・ドラッカー、精神分析医のヴィクトール・フランクルやエーリッヒ・フロムなどがいる。歴史家では、ポール・ジョンソンやシーセル・ロスやハワード・サチャーたちである。ほかにもじっくり取り組んでみたい作家たちは多い。

こうした作家たちの作品を愛読することによって、彼らと「対話」し、自分の意見を話したり書いたりすることは、大変楽しい。一般に、しっかり編集された本の内容は、有意義であり、そのような内容と「対話」することは、時間の質を上げるだろう。これによって生きる楽しみが増すのである。

実際に生活の中で好ましい人々がいて、その上に親しく「対話」できる作家や思想家が存在するならば、退職後の楽しい人生になるだろう。生きてゆくうえでは、何人かの親しい人々がいて、繰り返し読める何冊かの本があれば、それで十分なのである。

ところで、日本では、しきりと「実用英語」を口にする人が多いが、仮に「実用的な」水準に達したとして、「だれと」「なにを」話すのであろうか。むしろ、現在のみでなく、五十年前や百年前の作家・思想家たちとも有意義な「対話」のできる書物へもっと関心を払うべきではないだろうか。実際、ろくに読書もせず、思想が浅薄で、話す内容が乏しいのであれば、「実用英語」にはなりにくいだろう。

単著の執筆

退職後の生活には、何か集約する対象が必要になるだろう。その一つとして、単著の執筆を目指すことは有益ではないか。それは、毎日ある一定の時間に精神を集中しなければ、できないことだからである。これによって、精神に張りが出るだろう。

テーマを決めて、その小見出しを準備したら、後は霊感が働いたときに、ひらめいた発想を該当する小見出しに挿入してゆくことも一つの方法であろう。仮に一日三行書いたとしても、それを一ヶ月続ければ、四百字詰めの原稿用紙九枚になるのである。それを一年続ければ、百枚以上になる。素晴らしいことではないか。

実際、一日に三行ということは、滅多になく、すぐに十行や二十行は書いてしまうだろう。

ところで、これは、僕や妻が二十代後半だったころの思い出である。僕はまだ大学の専任職がなく、ある時、非常勤でお世話になっていた大学の教授が定年退職され、葉書を送ってこられた。「これからは、散歩と読書の毎日ですよ」という文面であった。

妻はそれを読んで、「あら、うらやましいわね」と言ったが、僕は、「果たしてそうだろうか？」と疑問であった。その気持ちはずっと変わっていない。

散歩の効用に異論はないが、読書に関してはどうであろうか。漫然と読書をし、それを長く継続できるだろうか。また、体系的な読書を目指すとしても、ただ読んでいるだけで、それを持続できるだろうか。僕にはそのような自信がない。

何らかの焦点を持って読む、そして読んだ内容を要約し感想を書いて、それを集約してゆく。これがないと、読書は漫然としたものになり、単にばらばらな印象が残るだけになってしまうのではないか。読書が単に暇つぶしに堕してしまい、それ以上の発展がないのではないか。

やはり読み書きが連動して、始めて長期の継続が可能になるだろう。読んだ内容を自分の立場で考え、意見をいろいろ書いてみる。書くことを通して、読書がより真剣なものになるだろう。

また、現代生活で進行している「断片化」に対抗するものとして、長期間をかけてまとめてゆく読書、そして単著の執筆は、有益なのではないか。

単著をまとめることは大変骨が折れるが、その体験を通してものの見方が一段と高まると思う。あるいは、ものの見方が細かく多角的になるのではないか。そもそも他人の書いた本を解釈しようとする際、自分でも本を書いていなかったら、他者の本を本当に理解できないだろう。本をまとめることがどういうことか、その過程でどういうことがあるのか、本をまとめる意味は何か。そうしたことが自分で苦労して単著を執筆することで納得できるだろう。

ところで、池波正太郎さんや村上春樹さんや三浦綾子さんは、もちろん、毎日執筆していると言う。彼らにとって、もし執筆しない日があれば、彼らの心や体はそれに敏感に反応するだろう。

たとえば、村上春樹さんの主人公は、しばしば「毎日書かないではいられない」と言う。これはどういうことだろうか。おそらく、彼らにとって、生きることは書くことなのだろう。彼らは、歩きながら、考える。そして、座ったら、それを書く。そして、書きながら、考えているのだろう。おそらく、彼らは料理をしながら、アイロンをかけながら、物語を考えているのだろう。彼らは、生きている内容を、鮮明に文章化しているわけだ。それはより意識的に生きることであり、より積極的に生を営むことなのだろう。彼らの時間の質は高いのだ。

結局、定年退職後に単著を執筆することは、いろいろな意味で有意義だろう。それは長期に精神的な緊張を伴う企画であるが、それによって日々の努力を集約してゆくのにうってつけの仕事になるだろう。また、それは、企画から執筆、編集、読者の開拓などを伴う仕事であるが、ある意味で、一人で仕事の多くを賄うことである。それは、巨大組織の中で分業が一般化となった今日において、まれなことであるかもしれない。できれば、そこで職人気質を発揮し、仕事を楽しみ、仕事の価値を信じ、愛のこもった成果を出してゆきたいものである。

年季

前にも述べたことだが、年季を積めば、一層成熟してゆく分野がある。たとえば、職人の世界がそうだろう。それは文学や哲学や歴史なども同様ではないか。せっかくここまで研究を積み上げてきたのに、それを定年退職と共に辞めてしまうのは、誠にもったいない。研究職は、年季を経るにつれて、内容が豊かになり、実りが出る分野だろう。専門分野を豊かにするために、そのすそ野の部分も年季を経るにつれて充実してゆくのだ。核とすそ野が充実すれば、豊かな成果が生まれるだろう。

何事も長期に継続することには意味があるだろう。たとえば、音楽家の場合は、幼いころから訓練を始め、それを生涯続けるのである。それでようやく専門家になれるのだ。音楽の分野は、「神童の墓場」と言われるほど、道は険しい。文学の場合も、熟成するのに時間がかかる。退職後も自由時間が増えた状況で研究を楽しみ、それなりに継続してゆけば、何らかの成果が出るだろう。

どの分野であれ、自分が好きで夢中になれる対象を選び、その向上を目指して人並み以上の努力を続けていれば、何とか食べてゆかれるであろうか。そのような社会になって欲しい。そのためには、国民全体の文化の水準が向上することが条件になるだろう。逆境の中で、文化の水準向上に貢献している人々を、物心両面で支援するような社会の体制が欲しい。

ユダヤ研究

振り返って見ると、僕にとって、ユダヤ研究の影響は、決して少なくないだろう。元来、在日米軍基地での勤務や夜間大学の体験が、慣れない言語や習慣の下での移民の奮闘を描くバーナード・マラマッドの作品内容と響き合い、僕はユダヤ研究に興味を抱いたのである。それから半世紀近く、ユダヤ研究を継続してきて、それは自分の人生の紆余曲折と絡み合い、僕の人生におけるユダヤ研究の意味が増してきたのだと思う。

たとえば、ユダヤ文学には、移民体験やホロコースト体験を必死に乗り越えようとする人々の緊迫した描写が多い。彼らの存続に対する態度は真剣なものである。それは、ささやかながら逆境を生き延びてきた僕自身の人生とも無関係ではない。けっこう響き合いがあるのだ。

生涯学習という考えは、ハイテク産業の発達などに伴って語られるようになったが、ユダヤ人に関して言えば、生涯学習は最初から彼らの宗教的な義務であった。神より与えられた戒律に従って生き、効率的で生産的な生涯を送るために、聖書やその注解であるタルムードや他の聖典を学ぶことは、彼らにとって宗教的な義務であった。宗教的な学問に多大の時間や精力を注いできたのであるから、それから発展して、科学など世俗の学問にも秀でることはユダヤ人にとって容易であった。

僕は、半世紀近くユダヤ研究を楽しんできたのであるから、当然、それに影響を受けた生涯学習に力を入れてゆかねばならない。それができなかったら、何のためのユダヤ研究か、と誰かに疑われてしまうだろう。

いずれにせよ、生涯学習を実践するためには、それなりに具体的な戦略が必要である。長期の具体的な目安がなければならない。その目安に向かって、今日は何をすべきか、という逆算方式で生活を営むのである。これによって、時間の無駄が減り、時間を効率的に使え、時間の質が上がるだろう。

神が宇宙を創造された時、その目的があったはずである。また、神が人を神に似せて創造された時も、その目的があったはずである。

人は、自己の目安をいかにして神の創造の目的に合わせることができるだろうか。それは人にとって永遠の問いになるかもしれないが、それには、各人の創造性や生産性がかかわってくるだろう。

職場という枠組みが外されたことを想定し、退職以前より具体的な日々の行動計画を立てておかなくてはならない。僕の場合、朝起きたら、十数冊の書物より筆写を楽しみ、それから浮かんでくる考えを該当するＵＳＢの小見出しに記入し、そうした活動から論文を仕上げてゆく。さらに、その論文を編集し、単著にまとめてゆくのである。幸いにもまだ学会や研究会に所属しており、そこで共著出版の企画もあるので、それに関する準備にも時間を用いてゆかねばならない。また、学会誌への原稿や、学会での研究発表の準備も怠りなく進めてゆく。こうした活動の合間に、ユーチューブでカラオケを楽しむことにも抜かりがない。

退職後もユダヤ研究のおかげで、常に何かやることがあるのはいいことだろう。朝起きても、何をやったらいいのかわからない、と思うことは悲惨だ。そこでテレビを漫然と観ているようでは、生きているとは言えない。

ユダヤ研究は精神の緊張をもたらす要素が多い。たとえば、イスラエルに関する本を読んでいると、それは緊迫感に満ちている。僕がだらけた精神状態でいるとき、それは気持ちをしゃんと起こしてくれる。だらけた精神で日常を送るより、ある程度は精神的に緊張していたほうがいいだろう。そのために行動はいくらか機敏になるし、手紙やEメールの受け応えも速やかになる。

巨大なユダヤ研究に対して、僕は蟻のように極小な存在である。しかし、そうした極小の存在である自分を一方で笑いながら、他方ではそうした極小の存在にもユダヤ研究を楽しむ権利があるはずだと思う。楽しむことが大切なのだ。退職後もユダヤ研究を楽しむ限りにおいて、仕事を継続してゆくことができる。

退職後の生活では、時間の質が大切だ。僕は、日曜日も含めて毎日十時間くらいは仕事をしていると思う。ここでふと在職中に出会った講師控室のおばさんを思い出してしまう。おばさんは週に六日くらいは勤務しているだろう。おばさんの勤務時間は結構長いかもしれない。ただし、こちらでも日曜日を含めて毎日十時間くらいずつ仕事をしているのであるから、そんなにおばさんに引けを取らないと思う。そして、問題は時間の質である。たとえば、村上春樹さんは、質の高い時間を活用し、自分のペースを守って、毎日執筆に励んでいるのだろう。

僕が退職後もユダヤ研究を継続していることで周囲に与える影響はごく限られたものだろうが、それでも何もしないよりはましだろう。たとえ限られた範囲でも、そうした影響を大切にしてゆきたい。

退職後の研究生活を求めて

在職中に研究者として読んだり考えたり書いたりしていた人の多くは、退職後も何らかの形で研究を継続しているのではないか。ただし、生涯にわたってそれを継続するためには、いろいろ具体的な戦術が必要なのではないかと思う。僕は、退職後の生活では、まだ新米であるが、具体的な戦術に関して、鍵となる思想がいくつかあるような気がするので、以下、それらを検討してゆきたい。

超えるべき線

退職後に研究を継続するか否かに関して、超えるべき線があるのではないか。

その一つは、退職に至るまで可能な限り有意義な研究内容を蓄積しておくことだろう。蓄積した研究内容に意味があり、それが退職後を生きてゆく糧になると思えば、円滑に研究を続けられるのではないか。

換言すれば、研究が本当に好きで、それを楽しんできたならば、退職後にもそれを容易に継続できるのではないか。ここで人は真に試されよう。

反対に、「いい齢して、こんなことやってられないよ～」と思うような乏しい研究内容であれば、継続は無理ではないか。

O教授は、八十七歳だと思うが、最近『イーディス・ウォートンを読む』（水声社）を出版された。これまでたくさんの翻訳をものにし、研究書も四冊ほど出しておられるらしい。やはり、たくさんの業績を作った方であるから、定年退職後も息の長い出版活動ができるのだろう。

反対に、定年までろくに論文すら書かなかった人が、仕事を辞めてから急に出版活動に精を出すということは、普通ありえないだろう。

O教授は、青山学院大学を卒業され、早稲田大学法学部の教授を務められたらしい。O教授の例に見られるように、定年退職後も研究に励むためには、やはり、定年までしっかりとした研究活動を積み上げておくべきなのだ。

ただし、何らかの理由で定年までの研究内容が不満足なものであったならば、たとえば、僕のように長年を勤労学生として過ごしたような場合、多くの至らない分の修復を、退職後の研究生活にゆだねるしかない。遠くにある希望の灯を見つめながら、日々を大切に生きてゆこう。

核とすそ野

人には誰でも豊かな潜在能力が備わっていることだろうが、限られた人生においては、いかに恵まれた環境であったとしても、その潜在能力をすべて開花させることは、残念ながら無理だろう。何もかも求めようと欲張ったなら、結局、器用貧乏で終わってしまうかもしれない。

そこで、人生のできるだけ早い時期において、人は自分が好きで熱中できる対象を見出し、それを自己の核として、さらにそれを支えるすそ野を開拓してゆくような生き方が望ましいのではないか。

たとえば、ピーター・ドラッカーの場合であれば、経営学を核として、経営相談、教育、執筆という三分野の響き合いを巧みに活用し、それを支える関連領域である歴史や宗教や音楽や文学や心理学や経済学などのすそ野を、三年ごとに一つずつ開拓していったのである。それが、ドラッカーの執筆内容を豊かにし、同年代の人々が活動を停止したずっと後になっても、彼が生産性を維持できた要因であったに違いない。

それは、村上春樹が「やりたいこと、興味のあることは万難を排して自分のペースでしつこくやる」(『やがて哀しき外国語』)と述べていることとも響き合うだろう。

ドラッカーや村上春樹に見られるように、人には、「これが自分だ」という核と、それを支えるすそ野があることが望ましいだろう。核とすそ野を中心として、自己が機能的に発展してゆくのではないか。その結果、世の中に多様な個性が育まれ、活気のある社会が営まれることだろう。

そこで、核とすそ野を中心とした自己のさらなる発展を求めるためにも、退職後に研究を継続する意味があるのではないか。核とすそ野を少しずつでも豊かにしてゆくことを希望の灯として、退職後の生活を歩んでゆきたいものである。

断片化より集約化へ

現代社会では、断片化が進んでいるのではないだろうか。たとえば、効率を求め分業制にした職場では、各人は仕事のほんの一部を担当するのみであり、仕事の全貌を眺めることはほとんどないだろう。こうした仕事の形態では、職人気質を発揮することは難しく、仕事に対する責任感が減少し、それに伴って適切な行動を選択する能力も鈍ってくるのではないか。したがって、各人が仕事の全貌をつかめず、ほんの一部の仕事だけを担当するような環境では、効率的な行動は難しく、生産的な思考も鈍るだろう。これは健全な社会の運営にとって好ましいだろうか。

これは、効率を求める分業制の皮肉な側面だろうが、人はそれを修復するために工夫が求められるだろう。たとえば、仕事以外の時間を活用し、創造的であり、職人気質を発揮でき、自分が本当に熱中できるような対象に打ち込むことはどうだろうか。

また、電車内などでよく見かけるスマートフォンの操作も、残念ながら、断片化を進めているのではないだろうか。人は、スマートフォンを眺めて断片的な情報の合間を揺れ動いたとして、何を得られるのだろうか。そこには便利な面もあるかもしれないが、あれから得られる情報は、断片化を促進しているのではないだろうか。断片化された情報が飛び交っているだけでは、それから何らかの思想の枠組みが構築されるだろうか。これでは、人生がコマ切れの状態で終わってしまう。むしろ視力や思考力が損なわれるのではないかと心配である。

こうした状況をいかに少しずつでも修復できるだろうか。一つは、各自が生涯運営計画を築き、紆余曲折の人生においても、右に述べた各自の核やすそ野を発展できる状態を、長い眼で築いてゆくことだろう。

たとえば、研究者にとっては、有意義な思想の流れに身を置き、核やすそ野を広げながら、自分の血肉となるような論文の執筆を続け、それをさらに単著へとまとめてゆくことだろう。そうした執筆の継続が、日常生活において断片化の状態を少しずつでも集約化へと方向づけてゆくのではないだろうか。そうした研究における集約化への努力が、学校での教育や卒業後の生涯学習にも還元されてゆくことを願う。

また、断片化を助長しているマスメディアに対しては、各人が慎重に交わってゆくべきだろう。たとえば、各々の核やすそ野に関する内容については慎重にマスメディアと交わり、ほかは些事として適当に流してしまうのである。換言すれば、各自の核やすそ野、そして生涯運営計画に集約できる内容を選び、ほかは放棄してしまうしかないだろう。人は、生きてゆくうえで無意味な情報が氾濫する社会では、効率的な思考や行動ができにくいからである。

楽しさ

日々、起床してすぐに取り掛かることのできる研究がある、そして、その研究がゆっくりとではあるが、前進している、と感じることは、退職後の生きる楽しさにつながるだろう。また、研究を通して有意義な思想の流れに身を浸している、と感じることは、精神を健全にし、士気を維持し、生きる意欲を保つためにも大切ではないか。

同時に、いつ訪れるかもしれない「最期の日」を予期し、その準備として、少しずつ身辺を簡素化してゆく。実際、余分なものが周囲にあると、かえって気が散って、優先事項である仕事に集中できないものである。不要なものを整理することによって、優先事項に多くの精力を集中できるだろう。

一方で、研究を少しずつ前進させ、他方で生活を簡素化し、本質的なものに集中してゆく。こうした方向性を持つ退職後の人生は楽しいものである。

ところで、改めて「楽しい」とはどういう意味であろうか。

世の中には、生きる上で大して意味のない、騒々しい「楽しみ」に多くの時間を費やし、それでいて気持ちが優れず、鬱状態でいるような人が少なくないのではないか。これでは、本当の楽しみとは言えないだろう。

中野孝次が『風の良寛』や『良寛にまなぶ「無い」のゆたかさ』で説くように、一般に、苦しみが大きいだけ、楽しみも大きいのではないか。物質的には限りなくゼロの状態に近付いた良寛にとって、わずかの施し物、小さな親切でさえも、大きな喜びとして受け取ることができただろう。逆境と順境の差が、楽しみを増すのである。したがって、逆説的になるかもしれないが、人生において喜びや幸福を感じるためには、限りなくゼロに近づくことではないか。

ところで、逆境と順境の差と言えば、思い出すことがある。僕は、高校時代に、柔道部に所属していたが、身体も小さく、不器用であった僕にとって、その練習は本当につらかった。冬には氷のような畳の上で寒稽古、体育の時間にも柔道、そして放課後も訓練が続き、暗くなって帰宅する頃はくたくただった。それでも、稽古から解放された喜び、その後で飲んだ水のおいしさ、そして帰る途中、駄菓子屋で食べたコッペパンの味は忘れられない。

こうした大きな楽しみを、その後の人生で味わうことは、残念ながら少ないように思う。今日、僕はユダヤ研究や歌を歌うというささやかな楽しみによって生きている。

有意義な思想の流れ

自分をいかなる思想の流れに位置づけるのか。ユダヤ研究の場合、流浪、ホロコースト、差別と迫害、記憶と伝統、ユダヤ教の使命、生涯学習、生涯運営計画などに関する思想の流れがあるだろう。そのような思想の流れに自己を位置づけ、日々それらに関する文献に親しみ、得られる叡智を自分の生き方に活かしてゆく。退職後には、こうした生き方が望まれるのではないか。

日々、数編の論文を交互に書き、それに関して十数冊の文献を交互に読み、その中の印象深い文章を筆写していると、自分が有意義な思想の流れに浸っているなあ、とささやかな幸福を感じるときがある。

また、印象深い文章を筆写していると、連想としていろいろな考えが浮かんでくるので、それをUSBの該当する小見出しに挿入してゆく。こうした日々の活動を通して、生きるために有意義な思想を血肉化してゆくのである。

人は、テレビの俗悪番組にうつつを抜かしている暇があるのなら、兼好法師であれ、良寛であれ、芭蕉であれ、あるいはエーリッヒ・フロムであれ、ヴィクトール・フランクルであれ、ソール・ベローであれ、各人が好む作家作品に身を浸し、その要点を血肉化し、生きてゆく滋養にしていったほうが、時間の価値ははるかに高まるだろう。

テレビ番組に良質のものがないわけではないが、それを見出すことは、大量の泥の中から一粒の砂金を探し出すように困難なことであり、非効率的である。それよりも優れた書物を選んで、その中から叡智を見出すほうが、はるかに効率的ではないか。

古今東西の作家や思想家などと書物を通じて対話を続け、彼らとの交わりを開拓してゆく。それは、日常生活での実際の人間関係に加え、書物の中でも豊かな人的ネットワークを広げてゆくことではないだろうか。それは、幸福や生きがいにつながることだろう。日々、偉大な作家や思想家たちと書物を通じて対話ができるとは、いかに幸福なことであろうか。

ここでふと思う。いったい人は、日々、どれだけの有意義な思想と交わっているだろうか。一日が終わった時、どれだけの叡智に触れたと感じているだろうか。生きがいを感じるためにも、各人の工夫が必要だろう。

一人でも多くの人が、有意義な思想に身を浸し、その叡智を吸収し、自己の核やすそ野をしっかりと築いてゆけば、より生産的で健全な社会が構築されるのではないか。それはまた、ユダヤ教の使命である現世の修復へとつながってゆくだろう。

現世主義

ユダヤ教は基本的には現世主義であるから、来世に期待しない。誰も来世より帰った者はいないし、来世があるかどうかもわからない。そのような不確かなものに依存するのではなく、あくまで現世で勝負しようとするのである。現世はわれわれが確かに生を営む場所なのであるから、その世界をできるだけ良くしようと奮闘するのである。それはユダヤ教の使命である修復の思想である。

また、ユダヤ人の合理主義によれば、死者は、来世ではなく、その家族・親族・友人・知人たちの記憶に生きており、また、死者の業績は、その影響を及ぼす限りにおいて、生きている。

たとえば、聖書で語られるモーセは、ユダヤ人にとって、自分の祖父以上に親しい存在であるのかもしれず、モーセが影響を及ぼす限りにおいて、彼は「生と死のかなたに」生きていると言えよう。

そこで、ユダヤ系の経営学者ピーター・ドラッカーは、彼の著作において繰り返し問う、「あなたは何によって記憶されたいか」と。

この問いは、人が生涯を生産的に運営する上で大切であると思われる。この問い無くしては、人は焦点を見失い、方向性を失くし、有効に発展できなくなるだろう。

僕は、ささやかな願いであるが、ユダヤ研究を継続した透析患者として記憶されたいので、当然、退職後も、日々、ユダヤ研究の営みを続けてゆくのである。

来世が存在するか否かは、人によって信仰の違いがあるかもしれないが、当面、現世の修復という希望の灯を眺めながら、日々を大切に生きてゆくしかないのではないか。

修復の思想

右記において、ユダヤ教における修復の思想に触れたが、その応用として、僕の退職後の研究に、修復の思想が影響を及ぼしていることだろう。これまでの人生を振り返ると、勤労学生として、衣食住の確保に追われ、また、そのほかの理由によって、十分に研究ができていなかった、という反省があり、その悔しさが感じられて仕方がない。そうした不備を、退職後の研究で少しずつ修復してゆくしかないのだ。

不備と言えば、せっかく経営学部で教えていたのであるから、ユダヤ系経営学者であるドラッカーの原書を初年度より教材にして、学生たちに有益になるような授業を展開すべきであったのに、僕の未熟さによって、それが果たせなかった。これは大変悔しい。それをしていたならば、ドラッカーに関する本を書けていたかもしれない。この反省をもとにして、今後、ドラッカーの著作をしっかりと読み、本にまとめてゆきたいものである。

また、日本人がユダヤ研究に従事している意味を、しっかりと掘り下げてゆかねばならない。この点が、これまで不十分であった。別にユダヤ人になろうと思って、ユダヤ研究に励んでいるわけではないのだ。あくまで日本人の立場でユダヤ研究を楽しみ、研究から得られる叡智を、日本人としての生活に応用してゆきたいのである。

実際、生きている限り、誰しも無傷で人生を渡ることは難しいが、そこで修復の思想を抱きながら、日々を大切に生きてゆくことは、生涯の生産性につながるだろう。

三浦綾子さん

研究対象が、ソール・ベローであれ、ピーター・ドラッカーであれ、ヴィクトール・フランクルであれ、そうした研究対象と自分との深い対話が不可欠だろう。深い対話と言うからには、相手のことを深く掘り下げてゆくと同時に、自分自身も深く掘り下げてゆく努力が求められるだろう。

ただ、繰り返し読むだけではなく、心にしみる文章を何回も筆写することも有益かもしれない。筆写している間に、作家の立場になってその気持ちを推測し、そこに何らかの新発見を得られるかもしれない。また、作家の文章に触発され、新たな考えが沸き起こってくることもあるだろう。それをＵＳＢの該当する小見出しに挿入してゆくのである。

また、作品をいろいろな角度から読んだり、最後から読んだり、途中から読んだり、読み方もいろいろ工夫してみよう。

書物との深い対話は、日々の生活における人との対話にも良い影響を及ぼしてゆくことだろう。

ユダヤ人の場合であれば、対話と言えば、神との対話、聖書との対話、聖書の注解タルムードとの対話などが含まれるだろう。対話の相手にだれを選ぶかは、人の生涯にわたって、大きな違いを生んでゆく要素だろう。

書物を通しての対話の相手として、最も望ましい一人であると思われる三浦綾子さんは言う。「健康で働ける間は充実していて、病気になり、働けなくなったら虚無的になったとか、若い間は生き甲斐があったが、年老いて虚しくなるのも、どこか本当の生き方から、ずれているのではないだろうか」(『光あるうちに』)と。

本当の生き方とは何か。それは、創造的で生産的な人生を送ることだろう。生き方にちょっと工夫を加え、日々を少しでもより良いものに変えてゆくことだろう。

三浦さんは、戦時中の誤った教育を深く反省し、その反省のもとに創作を展開している。たとえば、それは、『青い棘』で主人公の邦越康郎が、大学で歴史の講義をしながら、人生をいかに生きるべきかを語る姿に示されている。戦時中の教育は確かに間違っていたが、ただし、その後の詰め込み教育も誤っているのではないか。すなわち、お国のために滅私奉公せよと説く代わりに、企業のために滅私奉公せよと、たきつけているのではないか。三浦さんは、この点も意識していて、それを窺わせる創作を展開していると思う。

三浦さんの文学は、教育を含めて、物事を問いかける形式であり、知恵の文学である。『氷点』、『天北原野』、『泥流地帯』など、しばしば逆境に立たされながら、物事を問いかけ、人生を修復してゆく人の姿を描いている。

また、『氷点』などに見られるように、人は、互いに自分の欠点を持ちながら、つまらないことで批判し合い、争っている。もし各人が自分にとっての優先事項に集中し、それを大切にして生きていれば、つまらない争いは減ってゆくのではないか。

さらに、人の内面を見れば、それは醜いものであり、誰しも罪のない人はいない。そこに聖書で言う原罪の思想を見出せるかもしれない。そこで、人々は肩を寄せ合い、温めあうことが必要であると同時に、各人が、その強みを発揮し、生産的に生きるよう努めるべきだろう。

三浦さんの創作における枠組みは、まさに驚嘆すべきものである。一千万円の懸賞小説『氷点』および『続氷点』を書き上げただけでも素晴らしいのに、その後も続々と作品を生み続けたのだ。その根源には、大きな枠組みがあったに違いない。その枠組みがどうして生まれたのだろうかと問えば、それはおそらく彼女が何年も難病で臥せっていた期間を含めて紡ぎだされたものではないか。彼女にとって、寝たきりであった闘病の長い年月は無駄ではなかったのだ。

苦難を経て体得した、人の心の幅広い振幅をわきまえていなければ、三浦さんのような作品は書けない。三浦さんの物語は、罪深い存在でありながら、魂の神秘性を問い続ける人の姿を描き、最後まで読者を惹きつける緊迫感に満ちている。

三浦さんは、戦争に対する思い、神への信仰、罪深い人への認識、長い闘病生活、夫との生活、雑貨屋の経営、教師生活などを深く掘り下げ、創作を展開している。

三浦さんは過酷な人生をくぐってきた人であるが、そのことを作品において追体験している。非常に厳しい人生を見つめて、それから意味を見出そうとする態度も、三浦さんの生き方に大いに関係していよう。

これは、ユダヤ人のようにマイナスをプラスに転換してゆこうとする生き方である。僕も、これに見倣って、たとえば、透析人生を豊かにするための作品を執筆できないか。その中で、マイナスをプラスにするような生き方を論じることができないか。

病弱であった三浦さん夫妻が協力してあれほどの生産性を発揮したことは、まさに驚異である。最重要のことを優先して実行する、という三浦さんの生活態度がこれに大きく関係していよう。

三浦さんが述べるように、日々の気ままな欲望に揺れ動くだけの「精神の日雇い」であってはいけない。雑用をこなしながら、長い眼で物事をとらえ、長期の目標に向かって日々精進してゆかねばならない。さもなかったら、何年生きていてもさしたる進歩は望めないだろう。何を成すべきかという優先事項を見極め、それらが日々実行されているか、という確認をしてゆかねばならない。

三浦さんの作品が生み出す有意義な思想の流れがある。それは、三浦さんのように難病で寝たきりの生活を送った人でさえも創造的・生産的な生き方ができるという生きた証明であり、また、人は誰でも罪深い生き物であるが、それでも人知を超えた神のような存在に憧れ、生き方を修復してゆけるという訴えである。

自由の行使

自由に恵まれていても、その自由を行使することは、なかなか難しい。それは、ユダヤ系精神分析医であるエーリッヒ・フロムも『自由からの逃走』などで指摘していることだ。フロムによれば、よほど成熟した人間でないと、自由を創造的・生産的に活用できず、無益な快楽に走ったり、他者の権力に身をゆだねたりしてしまうだろう。

それでも、人はこの世に生を受けたことを感謝し、自己の強みを生かし、できるだけ生産的な生涯を全うするよう努めるべきだろう。実際、ユダヤ人の歴史を読んでいると（それはユダヤ史だけに限らないかもしれないが）、多くの悲惨を潜り抜け、生きていられるというだけの事実に感謝せざるを得ないのである。ユダヤ人の場合、彼らの歴史において、生存権が当然視できないのだ。すると、次の課題は、いかに生きるか、ということになってくるだろう。日々を生き抜くことは、ユダヤ人にとっても、誰にとっても、そして、特に透析患者や難病患者にとっても、大変であるが、日々は本当に貴重なものである。人は、「この日をつかむ」、「今日を懸命に生きる」ことが求められるのだ。

自由と言えば、退職後の人生は、まさに自由なのであるから、その時間をいかに有意義に満たしてゆくか、は各人の課題となってくるだろう。

また、たとえば、透析患者や難病患者は、ベッドで過ごさねばならない拘束時間は少なくないが、その時間をいかに用いるか、は各人の自由なのである。せっかくそうした自由が与えられているのであるから、発展性の乏しいテレビ番組をただ漫然と眺めているのではなく、各人が工夫を凝らしたらいいのではないか。

退職後の人々、そして透析患者、難病患者を含めて、各人がいかに自律し、自由を生産的に行使してゆくか。それは、民主主義社会の営みや、少子高齢化社会の運営にも大きくかかわってくることだろう。

また、一人でも多くの人が、自律した生産的な道を辿ることが、ドラッカーも述べているように、ヒトラーやスターリンやムッソリーニのような全体主義の再来を防ぐことにつながると思う。

いわゆる自由世界が機能するためには、その成員である各自が、それぞれの強みを発揮し、自由を生産的に活用してゆくこと、また、それぞれが所属する組織が、その使命を果たすためには、それぞれが自律した活動を継続してゆくこと、が大切だろう。

奮闘している人々

僕は、周囲で奮闘している人々と自分の立場を比較することによって、退職後に研究を継続する励みを、しばしば得ていると思う。

たとえば、Kさんのことを考えてしまう。Kさんは、郵便局に勤務しながら、ずっと油絵を描き、池袋に近い美術館の一角で二十七年間個展を開き、また、坂戸文化会館で同好の仲間と一緒に展示会を、三十年間も開いてきた人である。Kさんとは、僕の息子のリトル・リーグの関係で知り合ったと思う。Kさんは、そこでコーチもしてくれていたのだ。いずれにしても（僕自身もかつて郵便局で二年間勤務したので、その状況を想像できるが）、郵便局の仕事をこなしながら、ずっと油絵を描いてきたのだから、その持続力はすごいものだ。

　まして僕など大学の専任教員が享受していた特典、たとえば、研究室や研究費や紀要や出版の機会などを、Kさんはまったく持ち合わせていないのだ。Kさんが長年描き続けてきた絵は、ほとんど売れなかっただろう。現に、Kさんは部屋に置けなくなった多くの作品を処分せざるを得なかったと話していた。僕は、二十七回目の個展の後で、気に入った絵を一枚求めたが、それはKさんにとって例外の出来事だったかもしれない。その絵を僕が受け取るときに、Kさんばかりでなく、ずっと夫の画業に協力してきた奥さんもやってきたが、夫の絵が売れる瞬間に立ち会いたかったのだろう。

　Kさんはこれからも絵を描き続けると話していた。それなのに、これまで多くの特典を享受してきた僕が、退職に伴って、研究を放棄し、のほほんと過ごせるわけがないではないか。そんなことをしたら、罰が当たってしまう。

　次に、妻の愛子が二十五年間続けている英文読書会「パープル」に触れたい。この読書会には、創価学会会員である主婦が多いが、彼女たちは、一人では難しい原書を読書会で読むことを楽しみに、長期にわたって活動を続けているという。このように奇特な人々が存在しているのだ。それなのに大学で教鞭をとった者が、退職したら研究を「さようなら」するようないい加減な生き方はできない相談ではないか。

さらに、僕のアメリカ人の知り合いにロバート・ノリスさんがいる。ノリスさんは、ヴェトナム戦争当時、良心的徴兵拒否者であり、投獄され、その後、ヨーロッパやイスラム圏やインドなどを放浪した。そして日本にたどり着き、努力して通信教育を受け、大学の教師になり、四冊の小説を出版した。放浪期間中の無理がたたったのか、ノリスさんも僕同様に難病と闘っているが、彼の執筆活動を思えば、僕も退職後に研究を辞めるわけにはゆかないのである。

これらのほかにも、僕がこれまでの人生で知り合った人々の思い出が、退職後の僕の研究を後押ししてくれているようだ。ありがたいことである。彼らの思い出を大切にしてゆきたい。

ユダヤ研究の影響

さて、ユダヤ研究の影響は、僕にとって決して小さなものではないだろう。元来、在日米軍基地での勤務や夜間大学の体験が、ユダヤ系アメリカ作家バーナード・マラマッドの作品内容と響き合い、僕はユダヤ研究に足を踏み入れたのである。それから半世紀近く、ユダヤ研究を継続してきて、それに自分の人生の紆余曲折が絡み合い、僕の人生におけるユダヤ研究の意味が増してきたのだと思う。たとえば、ユダヤ文学には、移民やホロコースト体験を必死に乗り越えようとする人々の緊迫した描写が多い。彼らの存続に対する態度は必死なのである。それは、(彼らと比べれば)ささやかな逆境を生き延びてきた僕自身の人生とも無関係ではない。けっこう響き合いがあるのだ。逆境にもかかわらず懸命に存続を求めようとするユダヤ人の態度は、非常に魅力的である。

ところで、ユダヤ人は優秀であるとよく言われるが、それは果たしてどういう意味だろうか。

もちろん、すべてのユダヤ人が優秀であるということは、ありえないだろう。それは、日本人でも、ロシア人でも、フランス人の場合でも、同じことだ。

ただ、ユダヤ人を優秀にしているいくつかの状況があるような気がする。

まず、奮起を促す差別や迫害の歴史だろう。「ユダヤ人は、ほかの人の二倍も努力しなければ、浮かび上がれないのだ」（『アメリカのユダヤ人の歴史』）という気持ちが、彼らの後押しをしたのだ。換言すれば、それはユダヤ人の負けじ魂である。

差別や迫害、また、ホロコーストを経たユダヤ人の歴史を辿ると、生きていることのありがたさを痛感してしまう。そこで、生きていることに対して真剣にならざるを得ない。結果として、日々を大切に生きるようになるだろう。

土地を所有することを禁じられたり、いろいろな職業から締め出されたりしてきたユダヤ人は、新規分野の開拓や隙間産業に活路を求めた。それが、ダイヤモンド産業、映画産業、音楽産業、あるいは、被服・ファッション産業、化粧品産業、不動産・建設業などでの発展につながったのだろう。

ユダヤ人は、厳しい環境で生きる中で、常に危機意識を感じ、そこで優先事項を実践してゆく行動様式をとる。それは、たとえば、難病を経た作家の三浦綾子さんとも響き合う生き方である。三浦さんは、「優先事項を重点的にやる」、そして、「その日にできることをやる」(『この土の器をも』)とこともなげに言う。

ユダヤ人は、問う姿勢が顕著である。神の意志を問う。聖典を問う。常識すらも問う。家庭教育は問いに満ちている。質問に対して質問で返す。問う姿勢があるからこそ、教育は発展してゆく。問う姿勢が顕著であるからこそ、たとえば、イスラエルでハイテク産業やハイテク農業が発展し、少数民族であるユダヤ人の間から大勢のノーベル賞受賞者が排出されてきたのだ。

ユダヤ人は、偉大な相手と対話をする。神と対話し、聖書や聖書の注解タルムードと対話し、古今東西の名著と対話する。日常生活での実際の人との対話を含めて、対話の相手に誰を選ぶかによって、生涯に大きな違いが出ることだろう。

ホロコースト生存者は、必要に迫られて、たとえば、「五つのことを並行して行なう」(『ホロコーストの子供たち』)というが、その結果、生活や時間の密度が濃いものになるだろう。

その密度は、彼らが執筆する内容にも表れてくるだろう。

救世主（メシア）を待ち望み、救世主による理想社会の成就を待望する。それは永遠の問いかもしれないが、あくまで希望を捨てないところに意味がある。それは、「現世の修復」というユダヤ教の使命にかかわることだろう。

生涯学習を実践し、生涯運営計画を築く。それはユダヤ教の戒律にも関係していることだ。生涯を大きく捉えて、学習することを辞めない姿勢に、大きく発展する可能性を見出せよう。ユダヤ歴を彩る安息日や祝祭日を活用し、生活にメリハリをつけ、瞑想を通して将来の目安を探り、生涯運営計画につなげてゆく。

ヒトラーに死後の勝利を得させてはならない。ユダヤ人は、この決意によって奮闘する。正しい世界を築かねばならない。秩序だった社会を築かねばならない。全体主義の再来を許してはならない、と言う。

ところで、アイザック・シンガーやエリ・ヴィーゼルやメンデレ・モイヘー・スフォーリムなどの作品にも言及されているように、ユダヤ人社会において乞食はシナゴーグの常連であった。乞食は、しばしば大変な読書家であり、自信を持ってタルムードより引用し、さらに聖書やタルムードを論じる際、彼らに恵んでくれる人たちと対等の資格で加わったのである。彼らは、物質的には必要最低限の生活に甘んじ、精神的には豊かな生活を営んでいたのだ。

ユダヤ人以外の社会で、乞食に関してこのようなことが考えられるであろうか。そこでは、社会の末端にいると思われる乞食でさえ、大変な学識を持っていたのである。換言すれば、ユダヤ人の社会で個々の学力は、まことに驚くべきものであったということだ。

ユダヤ人の乞食には、使命感があり、教育があり、流浪の中で蓄積された叡智がある。乞食でさえ、これだけの能力を持ち、活躍するユダヤ人社会の活力は恐るべきものであったと言えよう。

一般に、人は、尻に火が付いた状態にならなければ、なかなか状況の変革に動き出さないものであるが、ユダヤ人の場合、幸か不幸か、そのような状況が多かったのである。それは、たとえば、イスラエルのハイテク産業やハイテク農業が発展した背景にある動機であるかもしれない。ちなみに、変革（イノベーション）とは、ユダヤ系経営学者ピーター・ドラッカーがしばしば用いる鍵語である。

そして、生涯学習を奨励するユダヤ教の教えや、書物にあふれたユダヤ人の家庭の雰囲気や、問いかけることを砕めないタルムード学習や、問いを奨励する家庭や学校の環境などは、ユダヤ人の知的訓練に大きく貢献してきたことだろう。「周囲の非ユダヤ人の村落に読み書きのできる人が、一人でもいれば幸いであった時代に、ユダヤ人の共同体では、文盲の人を探すことが難しかったのである」（『同胞との生活』）という。それは、物質的にはきわめて貧しかったかもしれないが、学習を奨励する共同体であり、学習意欲にあふれた人々の集団であり、優れた書物や優れた人々の相乗効果にあふれた社会であったことだろう。

加えて、二千年にも及んだ流浪（ディアスポラ）の影響が考えられるだろう。歴史を振り返れば、紀元七十年、ローマ軍によって第二神殿を破壊され、故国を失ったユダヤ人は、二千年にも及ぶ流浪を余儀なくされた。その過程において、ある国に定住し、奮闘して繁栄を勝ち得たとしても、その国に何らかの不祥事が起これば、不条理にもその罪を着せられて追放され、また別の国に庇護を求めるという繰り返しであった。それは非常に厳しい生活であったに相違ないが、反面、彼らは流浪を通して、多文化や多言語に触れ、絶えず変化にさらされる中で、それを変革の機会とし、それをダイヤモンド産業、被服産業、不動産・建設業などの事業の発展へと変えてきたのではなかったか。

このようにユダヤ人を優れた存在にしてきた諸状況を参考にして、それを日本の場合に当てはめ、僕たちも励めばいいわけである。しかし、頭ではそのように理解しても、それを実践し、さらにそれを長期に継続し、それを血肉化してゆくことは容易ではない。ちなみに、ピーター・ドラッカーの経営思想を学び、それを頭では理解したつもりであっても、それを血肉化するには長い年月が必要だろう。ドラッカー自身は、彼の経営思想を、五十年も六十年も継続して実践しているのであり、それがドラッカーの本当にすごいところである。それを思えば、僕たちに必要なものは、方向性と持続力だろう。

教育の目的

ある程度の年齢になり、人生経験を積まないと、理解できない学問分野が多いのではないか。たとえば、歴史、哲学、宗教、文学、心理学などであろう。

僕は、夜間大学の時代に、こうした科目を受講したが、講義内容がどれほど自分の心に響いたか、と問われれば、心もとない。

しかし、当時の教材を引っ張り出して、読み返してみると、深く感動し、頷ける内容が少なくないのである。

したがって、退職後にこれらの関連文献に親しみ、その内容が心の琴線に触れ、深く感動し、楽しむことができるのであれば、誠に幸いである。

せっかくそのような楽しみが待っているというのに、退職後に研究を辞めてしまうのは、誠にもったいない、と言わざるを得ない。

教育の目的とは、生涯学習を実践し、生涯運営計画を築くことのできる人材を養成することだろう。そのことを毎年講義してきた本人が、退職して研究を辞めてしまったら、目も当てられないではないか。

大学の教員は知識労働者であるはずだから、自己管理や時間管理ができるはずだし、また、それができないのではどうしようもない。定年退職後に目標を失って、目が死んだようになってしまうようでは、困ったものである。知識労働者こそ、退職後も自己管理をきちんとして、社会の改善に少しでも貢献すべきだろう。

退職後、僕のクラスを受講した卒業生にどこかでばったり出会うかもしれない。その時、「退職後に今はこんなことをしているんだよ」と話せたら、その卒業生の励みになるかもしれない。反対に、「今は別に何もしていないんだよ」とうつろな目をしてつぶやくとしたら、それは卒業生を失望させるものだろう。「先生がクラスで話していたこととは、違うじゃないですか。あれは、結局、何だったのですか?」と問われることになってしまうだろう。

学生たちは、卒業したらそれで終わりになるわけではない。それから十年後、二十年後、彼らに大学教育の成果を発揮してもらいたいのである。同様に、教員は退職したらそれで終わりになるわけではない。それから十年後、二十年後まで研究成果を発表し続けることによって、元の職場の発展に外部よりささやかでも寄与し続けるのだ。

文学などを担当していた教員は、退職後にこそ研究成果を挙げてゆくべきではないか。文学などは、ある程度の年齢に達しなければ、豊穣な内容にならないのである。退職までに、心理学、歴史、宗教、文化人類学、経営学など、文学に関連する諸分野を学び、退職後はそれらを活用し、研究成果を発表すべきではないか。それをしなかったら、誠にもったいないことである。それがまた、文学の発展にささやかでも貢献することだろう。

反対に、文学を担当していた教員がそのようなことをしなかったら、文学の衰退に肩入れすることになってしまうのではないか。「あんな教員が文学を担当していたのだから、文学が衰退してしまうんだよ」と批判されることだろう。

文学研究にせよ、ユダヤ研究にせよ、英語研究にせよ、研究を守る最後の砦は、自分自身だ。

ドラッカーは言う、「自己を発展させるためには、ふさわしい組織に属して自分に合った仕事をすることだ」(『非営利組織の運営』)と。その通りだろう。それでは、定年退職した人はどうするか。自分に合った仕事があれば、それを継続すべきだろう。僕のユダヤ研究のような場合である。それでは、ふさわしい組織はどうするか。しいて言えば、それは家庭の書斎であり、所属している学会であり、読書会であり、そのほかの関連組織だろう。

最期の日まで努力は続く

定年退職後、これまで通りに、あるいはそれ以上に努力を続ける理由は何か。役に立たない文学など減らしてしまえ、というのが文部科学省の方針であろう。心ある文学研究者は、文学は生きることにかかわり、生きることは学ぶことだと信じている。それならば、定年退職と同時に文学研究を辞めてしまうのは、矛盾している。それをする人は、文学衰退の傾向に加担していることになる。文学研究は、生きることに深くかかわるのであるから、退職しようが何をしようが、継続するのである。

理科系の研究者に比べて、文科系の研究者は研究業績が著しく少ないという。研究内容に違いがあるかもしれないが、やはり大きな差があるとしたら、それは問題ではないか。文学研究者もいろいろ工夫をして、研究業績を増やしてゆくべきである。

いずれにせよ、研究を辞めたならば、定年退職後の生活は活気に乏しい沈滞したものになってしまうのではないか。研究者の目の輝きも失われるだろう。朝起きて何をするのか。ボケーッと新聞を読み、ボケーッとテレビを観るのか。すぐにボケてしまうであろう。

不動産・建設業、化粧品産業など、それぞれの分野で人々は懸命に働いているのだ。文学という分野でも懸命に働かなければ、人として申し訳ないではないか。

そもそも文学とは、人を元気づけ、頑張って生きようと導くものではないか。その文学を研究してきた者が、定年退職と共に研究を辞めてしまうとはどういうことなのか。本当に文学を楽しみ、味わってきたのかと疑われてしまうではないか。

作家は、八十代や九十代になってもまだ頑張っている。文学研究者も同様でなければいけない。この際、双方の継続を可能にするものは、「自分はまだ仕事を楽しくやれる」という気持ちであろう。

定年退職後も研究を継続できるかどうかで、その人の研究が本物であるか否かが分かるだろう。本物と言うのは、研究を心底楽しんでやっている態度である。研究室があるから、研究費をもらっているから、紀要があるから、昇進があるから、と言って研究をやっているのは本物ではない。その証拠に、そういった付帯状況がなくなれば、研究を辞めてしまうのではないか。

新堀通也さんの『日本の学会』によれば、長期にわたって生産性を維持する学者は、ほんの一握りであり、学会は多くの幽霊人口を抱えているらしい。では、定年退職者の中で、長期にわたって生産性を維持する者は、何割くらいいるのか。また、透析患者や難病患者の中で、長期にわたって生産性を維持する者は、何割くらいいるのか。そして、自分は果たしてどこにいるのか。

僕の場合、ユダヤ研究の成果を、「ユダヤ文化とビジネス」や『楽しい透析』や退職後の生活に思う存分反映させたいものである。

ピーター・ドラッカーや美を求める作曲家のように、完成を願って、あるいはより高みを求めて、高齢になってもあきらめずに探究を楽しむのだ。

結局、人にとって、功成り名を遂げ、安住すべき領域などはどこにもないのだ。より高みを求める日々の努力があるだけなのだ。それによって精神の張りを維持してゆくのだ。そうした生き方を楽しむしかない。

振り返ると、現在の家を建てた時、一級建築士の方が、「私などはこんな家を建てれば、それで満足してしまうのに、佐川さんはまだ勉強を続けようとしていて、すごい」と言ってくれた。仮に僕がそれで満足していたのなら、比較的広い家に住んでいても、心はもぬけの殻のようになっていたかもしれない。心を緩めると、すぐに堕落が始まるのだ。それはピーター・ドラッカーも指摘していることだし、アイザック・シンガーの作品にもそうした描写が多くみられる。定年退職後も心を緩めず、高みを求める日々の努力を継続し、それによって精神の緊張を維持し、それを楽しむしかないのだ。生きている限り、そのような努力は続くのだ。

各人各様の思想の実践

生きようとして透析を受けているのだ。実際、患者が一週間も治療を怠ると、生命の危険にさらされるという。

そこで、患者にとって次の問題は、いかに生きるか、である。より具体的には、透析ベッドでいかに過ごすか。身体を拘束され、いわば監獄の囚人のような生活を余儀なくされる透析中のマイナス状況を、いかにプラスに転換するのか。

各患者に個性があることだろうから、その対応はまちまちになるだろう。一つには、ちょっと見方を変えて、工夫するならば、病院や監獄でさえ、読書や研究や思索にうってつけの場所に早変わりするのではないか。その意味で、病院や監獄は、作家や研究者や哲学者を創り出す、と言えるかもしれない。それは、加賀乙彦さんの『ある死刑囚との対話』にも見られることだ。

いずれにせよ、患者は、テレビを漫然と観ている停滞状況から抜け出し、各自の趣味や強みを発揮し、多様性を示してゆくことが、いろいろな意味で有益ではないか。

たとえば、透析患者の中には、囲碁に夢中な人がいるかもしれない。囲碁ソフトを用いれば、透析ベッドで独り囲碁を楽しめるのではないか。一局を終えるのに必要な時間は、場合によるであろうが、いずれにせよ、透析時間は四時間もあるのだから、血圧の変動に注意しながら、楽しい透析を味わえることだろう。透析のおかげで囲碁の腕前が上がり、囲碁大会に出場することもあるかもしれない。

あるいは、短歌を作るのに情熱をかけている透析患者もいるだろう。日ごろ作った短歌を、透析ベッドで推敲するのも良いだろうし、透析中に新たに思いつく短歌があるかもしれない。毎回の透析時間を短歌に当てれば、かなりの数を作れることだろう。やがて、それを編集して、『ある透析患者の歌』という短歌集を出版できるかもしれない。

ちなみに、百二歳で亡くなった僕の叔母は、若くして夫に先立たれ、残された義理の祖父母を最後まで看取り、和裁や慣れない農業で身を立てた苦労人であるが、先達の指導を受けて短歌の道に入り、『わが墓標』という短歌集をこの世に残していった。

「生活を子らに頼らず独り居の気楽も小さき幸といふべき」

「人生の半ばを過ぎしも若きらと気負ひつつ歌詠むわが生き甲斐に」

「友逝くも蕗のとう採る古稀我のいつまで有りやと思ふこの頃」

叔母が残した素朴な短歌集を、親せき縁者や僕の知人たちに送ったが、涙を流して読んでくれた人が少なくない。僕もその一人である。

さて、素描（デッサン）を得意とする透析患者がいるかもしれない。透析ベッドで片手を拘束された状態でも、素描は可能であろう。透析時間の間に、次第に完成に近づいてゆく素描を描く側も、それを見守る周囲の看護師や患者も共に憩いの時を持てるのではないだろうか。それはやがて、「透析患者の素描展」へと発展してゆくかもしれない。

歌謡曲や民謡や浪曲を好む透析患者もいることだろう。僕もその一人である。透析時間を活用して、昭和、平成の心にしみる歌謡曲に親しむのも良いだろう。全国の民謡に耳を傾けるのも良いだろう。須々木米若、玉川勝太郎、天津羽衣、春日井梅鶯、広沢虎造、真山一郎などの浪曲に浸ることも良いだろう。歌謡曲であれ、民謡であれ、浪曲であれ、何回でも耳で親しみ、自分でも歌いこなして、歌と共に歩む透析患者の人生を、たとえば、『歌ひとすじに』という本にまとめてゆくことも夢ではないかもしれない。

たとえ透析患者、難病患者になったとしても、依然として少子高齢化社会を運営する一員である、という事実は変わらない。各自ができる範囲で工夫し努力しなければ、怠けているつけは、結局、自分たちに跳ね返ってくる。そして、さらに、それは自分たちの子供たちや孫たちにも跳ね返ってくるだろう。自分たちだけでなく、子孫のためにも持続可能な社会を築くために、生産的な透析生活を目指したいものである。

ここでふと今から十年後を想像してしまう。僕は、高齢者講習を受けて自動車免許を更新したが、果たして十年後も車で通院する体力や気力が残っているだろうか。僕のもう一人の叔母は、九十歳を超えるまで運転していたが、僕には八十代でそのような芸当が可能だろうか。

また、十年後には、日本の経済状況は今よりも悪化しているのではないか。そうなれば、透析患者への現在のような税金援助は、減額されているのではないか。

さらに、年金制度も弱体化しているのではないか。一方で医療負担が増え、他方で年金が減っていったら、生活はどうなるのであろうか。残念ながら、あまり明るい未来の展望は浮かんでこない。

透析患者は、そのような悪化するかもしれない状況に対して、せめて精神的に折れないで対応するためにも、現在の日々をしっかりと生きてゆかねばならない。精神がくじければ、身体もガタガタになってしまうからである。不安をはらむ将来を思えば、今日、漫然とテレビを眺めていられる状況ではないのである。

各患者に生きる上で足場となる何らかの思想があるはずだ。その思想を血肉化する場所の一つとして、透析室を活用できないだろうか。各人各様の思想の実践を見たいものである。

生きがい

精神的に落ち込みやすい透析患者や難病患者は、何を持って精神の支えとするのか。何を生きがいとするのか。

透析ベッドに拘束された状態であっても、各人の探求する対象や趣味などを掘り起こし、工夫して有意義な時間の過ごし方を試みるべきだろう。毎回テレビを漫然と観ていても、何も変わらないし、何も発展しない。

僕の場合は、透析中に打ち込む対象はユダヤ研究であるが、そのほか、人によっていろいろ考えられるだろう。たとえば、右で述べたように、歌謡曲や民謡や浪曲を聴いて楽しむとか、ソフトで独り将棋や囲碁に興じるとか、素描をするとか、短歌や俳句を作るとか、ヴィデオで『寅さんシリーズ』を観るとか、このほかにもいろいろ考えられるだろう。

現在のところ、透析室を見渡すと、残念ながら、大多数の患者が、漫然とテレビを眺めているが、僕の見るところでは、これでは全く絵にならない。人には、そして人生には豊かな多様性があるべきだろう。多様性があるからこそ、人生は美しい。

ところが、多くの患者が、人間ではなく、あたかもベルト・コンベヤーに乗せられたロボットであるかのように、皆が同じような姿勢をして、画面を眺め、同じように指を伸ばしてチャンネルを操作している。どうしたらこのような閉塞状況から脱却できるだろうか。

そこで、僕は、神谷美恵子さんの『生きがいについて』を透析中に繰り返し愛読している。神谷さんは、精神科医として、瀬戸内海の島に建設されたらい病患者の施設に滞在し、ひとたび生きがいを失ったら、人はどんなふうに生きがいを見出すのか、と問う。ここで語られるらい病患者の破局的な様相は、あたかも死刑囚や強制収容所の抑留者に近いものがある。それでも、中には不遇な状況ながら、生きる意味を探求し、生の喜びに輝いている人もいる。その違いはどこから来るのだろうか。

神谷さんは、「人が自己に対してどのような態度を取るかにより、その後の生き方に大きな開きが生じることであろう」と、聖書のヨブのように逆境に立ち向かう人の態度に注目している。

神谷さん自身も結核に侵され、死の淵をさまよったこともあったと言うが、その後、意味の探究にこそ生涯を捧げようと欲し、「自己の存在目標をはっきりと自覚し、自分の生きている必要を確信し、その目標に向かって全力を注ぐ」。「人は自分が何かに向かって前進していると感じられるときにのみ、その努力や苦しみをも目標への道のりとして、生命の発展の感じとして受け止める」。そのためには「なるべく自分でなければできない仕事を選ぶのがよい」と神谷さんは言う。

神谷さんが言うように、透析患者でなければできない仕事が何かあるかもしれない。また、透析患者でなければ書けない内容が何かあるかもしれない。

人は、逆境を挑戦として立ち上がる時、自己を深く掘り下げてゆくのだろう。自己を掘り下げてゆけば、できることなら抑圧しておきたい恐るべき記憶も浮かび上がってくるかもしれない。あるいは、創造主、神のような存在に出会うことがあるかもしれない。また、掘り下げてゆく過程で、自己の内面が刺激を受けて揺さぶられ、以前から人格の内部に潜んでいたものが表面に現れ、自分が本当にやりたいこと、やらなければならないこと、が見出されてくるかもしれない。

固まった習慣

「人間はどんなことにでも慣れられる」（『死の家の記録』）とドストエフスキーは言う。これは、シベリアの収容所での記録である。その言葉には、ある程度まで頷いてしまう。

いっぽう、人は、いったん固まった習慣を打ち破ることはなかなか大変だ。たとえば、僕は五十年近くユダヤ研究を続けてきたから、それを透析中でもやらないと気が済まない。いっぽう、普段からテレビ漬けの生活を送る人は、透析室でもそれを繰り返しているのだろう。

いずれにせよ、言動が惰性に陥って、新鮮味や独創性に欠けている場合は問題だろう。この点は良く注意して、自己に問いかけてゆかねばならない。

最近、ヴェルヌの『十五少年漂流記』を読み返し、考えさせられた。八歳から十四歳までの少年たちは、漂着した島で様々な工夫をしながら二年間もの洞穴生活を営むのだ。鳥獣を捕まえたり、食べられる野生の果実や植物を探し出したり、生活の詳細な記録をつけたりしてゆく。その結果、ようやく助かって島を離れた時には、立派な人間に成長しているのである。彼らは生き延びるために団結して工夫したのだが、人は厳しい環境に立たされた時、挫けてしまうか、それを挑戦と思って立ち上がるか、態度を選択するのだろう。

ところが、皮肉なことに、あまり恵まれていると、工夫をしないし、したがって、成長もしない。生活にある程度の不都合があると、それを何とか取り払いたいと願い、試行錯誤するのである。

その点、透析生活は不都合だ。週三回も、しかも各四時間かそれ以上、ベッドに拘束されて過ごさねばならないとは、不都合だ。特に、何らかの災害が起こった時、透析患者はとても弱い立場に陥ってしまうだろう。僕は、そのマイナス状況を何とかプラスに転換し、それを生産的なものに変えたいと思い、ささやかな工夫をしているのだ。

『私の読書法』(岩波文庫)によれば、ある人は、監獄に入ると、かなりの読書ができるという。僕にはまだそのような体験はないが、それは本当だろうと思う。加賀乙彦さんの『ある死刑囚との対話』を読んでも、拘禁ノイローゼにかかる人が多い中で、過去の罪を悔いて覚醒した死刑囚は、普通の人の何倍もの濃密な時間を過ごし、監獄で驚くべき読書や思索や執筆を展開している。

ところで、考えてみると、透析ベッドは身体を拘束されているという点で、一種の監獄だ。したがって、片腕が不自由ではあるが、工夫次第で、透析中にかなりの読書や執筆が展開できるだろう。もちろん、読書や執筆には、明確な目安が必要である。ちなみに、看護師さんの中には、「四時間も一つのことに集中できるなんて、うらやましいですね」と言う人もいるのだ。

いずれにせよ、『十五少年漂流記』や『ロビンソン・クルーソー』の場合を思えば、僕はまだまだ恵まれているし、そのくせ工夫が足りない。もっと頭を柔軟にし、他の患者とも話し合い、工夫を重ねてゆきたいものである。

透析生活の充実とは

ところで、医療関係者にとって、透析患者は、「ドル箱」である。高額な医療費がかかり、患者は、大量の薬を飲んでくれる。その費用は、現在のところ、税金で賄われているとはいえ、大金である。それは医療関係者の収益となってゆくのだ。医療関係者には良心的な人が多いだろうが、透析患者が病院の経営を大きく助けているという事実は変わらない。

かつてこのようなことを語っている透析患者がいた。「俺たちゃ、病院経営に大いに貢献してんだぞ～。俺たちゃ、病院にとって大切な存在なんだぞ～」と、見えを切って、ふんぞり返っていた。言っていることは嘘ではないかもしれないが、このような人は、物事のほんの一面しか見ていない。税金の負担、透析患者の生き方、社会の運営、子孫への影響などを全く考慮していないのだ。これは、断片化の一例である。

僕は、少子高齢化が進む日本社会の運営や、僕たちの子孫のことを考え、透析問題をその文脈で捉えようとしているのである。その中で税金の効率的な使用、人材の効率的な運用、などを考えてゆかねばならない。透析患者も、少子高齢化社会の運営を助ける責任ある市民として、各自が得意な領域で、可能な範囲で貢献しなければならない。

医療関係者は、透析患者の大部分が、いい齢をして何の工夫もせず、毎回漫然とテレビを眺めている状況を、いかに考えているのだろうか。それを問題であると思わないのだろうか。

経営学部で三十七年間の教鞭をとった僕は、それが大きな問題であると考えている。患者は、慢性腎不全によって、おそらく平均寿命が短縮されているうえに、低俗なテレビ番組に頭脳を汚染され、きわめて質の貧しい生き方に堕しているからである。死ぬまであのような生活を続けて、満足して、あの世にゆけるのだろうか。この世を去る時になって後悔しても、もう遅い。

これを、政治家たちと一般庶民の関係に置き換えてもいいかもしれない。政治家たちの中には、彼らの地位を守るために、都合の悪いことを隠し、国家の将来像などを顧みることなく、ご都合主義に明け暮れている人々がいる。いっぽう、一般庶民は、透析患者も含めて、低俗なテレビ番組にうつつを抜かし、混沌とした精神状態の中で、生き抜く上で真に大切な問題に目を向けることは少ないだろう。「庶民は、テレビの低俗番組を観て、馬鹿笑いをして過ごしていればよいのだ。そのほうが連中を統治しやすい」というのが政治家たちの腹ではないか。こうした乱脈状況が続き、にっちもさっちもゆかなくなった時、そのつけを払わされるのは、結局、庶民である。

透析患者を含めた庶民はもっと賢くならなければならない。彼らの人生の質や時間の質を向上させねばならない。低俗なテレビ番組に我を忘れていられるほど、人生は長くないのだ。誰にも死がひたひたと迫っているのである。もっと有意義な精神の流れに身を浸さねばならない。

透析生活は、創造的で生産的な生き方ができて、初めて充実したものと言えるのではないか。透析生活をいかに送るかに腐心することは、健全な医療の大切な一環であると思うが、どうであろうか。医療は、各患者が正常な生活を送れるよう身体の機能を回復する助けをすることが重要な役割であると思うが、患者が回復していかに生きるかを補助することも必要ではないだろうか。それでなかったなら、高額の医療は、いったい何のためか、と問われてしまうだろう。それとも、いかに生きるかは、個人的な問題だというのであろうか。あるいは、それは教育の課題であろうか。

あと半年生きられたら

僕は、週三回各四時間の透析を楽しむよう工夫しているとはいえ、やはり難病を抱えた身であるから、日々を必死で生きているという感じである。毎朝、「今日もさしたる痛みもなく、仕事ができますことを深く感謝いたします」と祈りを唱えてから、机に向かっている。

それでも、難病を抱えながら、曲がりなりにも定年退職を迎えられ、退職後も何とか研究を継続していられることに、深く感謝している。

と言うのも、定年前に倒れて行った多くの同僚の姿が浮かんでくるからだ。彼らの死とともに、その家族も生活の変更を余儀なくされたのである。残された家族は、しばしば一戸建てやマンションから、市営住宅へと引っ越していったという話を聞いた。

ここで連想として、山崎豊子さんの『白い巨塔』に挿入された佐々木洋平の物語が浮かんでくる。商店を経営していた佐々木洋平は、財前五郎の手術後の杜撰な処置のために、命を絶たれ、家業は倒産、従業員は離散の憂き目にさらされた。もしも手術後の処置がきちんとなされており、「あと半年生きられたら」、商店を継続する手立てが打てたのに、という無念さが残る話である。

実際、「あと半年生きられたら」という言葉は、透析患者や難病患者の胸にしみるだろう。僕は、

『白い巨塔』の挿話がずっと心から離れない。おそらく、透析患者、難病患者は、「あと半年生きられたら」という緊迫した思いで日々を大切に過ごすことも有益であるかもしれない。

加えて、『白い巨塔』の挿話とともに、僕には、三浦綾子さんの『泥流地帯』や『続泥流地帯』の終結部分が忘れられない。これらの作品における泥流とは、確かに、十勝岳の噴火によって溶けた積雪が引き起こしたものだろう。と同時に、泥流とは、象徴的な意味において、突然われわれの生活を襲う悲劇を象徴しているのかもしれない。

火山や地震の多い日本に暮らすわれわれにとって、このことは単に象徴にとどまらず、いつ何時起こるかもしれない現実問題である。われわれは、まさに「ダイナマイトの詰まった樽」の上で暮らしているようなものである。換言すれば、危険な屋根に上り、そこで楽しい旋律を奏でて暮らそうとする「屋根の上のヴァイオリン弾き」の状態に、われわれの生活は譬えられるかもしれない。実際、われわれに、いつ悲劇が襲うかもしれないのである。

ここで問われるのは、そうした悲劇にいかに対処するかということだろう。その明確な答えが『続泥流地帯』に出ている。すなわち、「それを運命だと思ってしぼんでしまうか、あるいは、それを試練だと思って立ち向かうか」。

拓一や耕作の兄弟は、そして彼らの母親は、それを試練だと思って、立ち上がってゆく。拓一は、荒れ地に立ち向かい、それを稲作の田んぼに変え、これから百年や二百年後も人々がおいしい米を食べられるよう奮闘する。彼は、おそらく福子と結婚することだろう。たとえ父親の借金のかたに商売女になった福子であっても、心の純潔さを失っていない娘である。口さがない世間は、いろいろ言うかもしれないが、拓一と福子は、それなりに幸福な人生を送ることだろう。今後も、苦しい稲作の作業は続き、世間のうわさとの闘いは続き、借金を返す闘いは続くことだろうが、拓一たちは、それを挑戦と受け止め、精神的に折れることなく、食べ物を作るという重要な仕事にまい進してゆくことだろう。

拓一や福子を取り巻く逆境にもかかわらず、また、少なくない社会の不正や無秩序にもかかわらず、物事は拓一の信念によって、結局、好転してゆくのである。人のそうした懸命な営みを、人知を超えた創造主の眼が見守っているかのようである。

山崎豊子さんや三浦綾子さんの作品は、「あと半年生きられたら」と願う立場にいる人々の生き方に、貴重な示唆を投げかけているような気がする。

透析ベッドで楽しく過ごす

週三回各四時間もある透析時間をいかに楽しく過ごせるか。これは各患者の課題だろう。残念ながら、周囲を見回すと、ほとんどの患者が、ただ漫然とテレビを眺めている。

もっとも、これは病院の所在地によって少しは違うかもしれない。たとえば、渋谷の商業地区にある病院では、かなり多くの勤め人と思える人たちが、透析の間にパソコンを操作して仕事をしている。

また、これは透析患者の信仰の問題ともかかわるかもしれない。たとえば、創価学会会員でもある元同僚の話である。創価学会会員である患者は、透析時間に仏教の経典を読んで過ごしているそうだ。

僕も、しばしばユダヤ教や仏教や鈴木大拙の禅に関する本を透析中に読んでいるので、創価学会会員の活動には、大いに関心を抱いている。

経営学部で三十七年間も教鞭をとった僕の主たる関心事は、いかに持続可能な社会を運営できるかということなので、その意味で、透析患者や難病患者の生き方にも注意を払っているのである。患者は一人で多額の税金援助を受けながら、漫然とテレビを眺め非生産的な生き方をしていればよいのだ、病院は透析患者がいるおかげで経営は安定しているのだから、医師や看護師はそれぞれの仕事をこなしていればよいのだ、という「断片化」の問題では済まされない。僕たちの子孫が、いかに持続可能な社会を運営できるか、という課題なのである。その大きな目標を見失うと、結局、自分たちの首を絞めることになってゆくだろう。

そこで、いかに透析時間を楽しく過ごせるかという問題に戻るが、その一つは手軽な文庫本を含めた読書だろう。我を忘れて夢中になれるような本に巡り合えたら幸せである。それで透析時間のかなり多くが楽しく過ぎ去るだろう。僕は、惰性的な日常生活で鈍化した心を目覚めさせるような本に、多く出会えることを望んでいる。

読書をして、その内容を要約したり、その感想を書いたりすることは楽しい。さらに、それが英書である場合、印象深い文章を筆写することは、楽しみを増してくれる。加えて、筆写している間に連想として浮かんでくる考えを書き記すことも楽しい。印象深い英語の文章を手で筆写するという行為が、日本人である僕の頭脳に何か神秘的な活力を与えてくれるような気がする。

疲れたら、ベッドに横になり、英語のテープを聴いたり、音楽を楽しんだりすれば良い休憩になるだろう。

透析中に成し遂げたことを箇条書きに記述しておくことも良いだろう。それは、ちょっとした記録になるし、また、書き記すことによって、透析中の行動にメリハリができ、生産性も上がるかもしれないからである。

ちょっとした工夫が、長い間には、大きな違いを生み出すことは驚きである。

精神と肉体の相互関係

透析ベッドで起き上がり、たとえば、ピーター・ドラッカーやヴィクトール・フランクルやソール・ベローや、また中野孝次や三浦綾子や村上春樹などの作品を交互に読む。その中で印象深い英語の文章を筆写し、その過程で連想として浮かんでくる考えを、ＵＳＢの該当する小見出しに挿入してゆく。疲れたら、ベッドに横になって英語のテープを聴く。こうした仕事を繰り返していると、四時間の透析時間が、それなりに気持ち良く流れてゆく。

こうした仕事で頭脳を活性化させ、精神の張りを維持しておくことは、闘病にも有益だろう。精神と肉体の相互関係は軽視できない。精神が活発であれば、肉体の衰えもある程度は抑えられるのではないか。

精神と肉体の相互関係は、長い眼で見なければわからないことだろうが、それはフランクルやベローも指摘していることであり、僕は自分にかかわる問題としてそれに注目してゆきたいのである。

精神の張り

退職後は、毎日がいわゆる日曜日になってしまい、その気になれば、家で毎日ゴロゴロしていられる身分である。

しかし、実際、透析患者は、週に三回各四時間の治療を受けねばならない。さもないと生命を落としてしまう。

そこで、考えようによって、治療は精神の張りを保つために良いことである。通院で外出するとなると、いくぶん緊張するし、たとえ、僕にとってわずか五分くらいの通院距離であっても、車を運転するとなるとうかうかしていられない。そのうえ、僕は透析中も、ずっと仕事をしているから、けっこう気持ちを張りつめている。医療関係者や他の患者の眼もあるから、あまりだらしない格好はできないのだ。

こうして、週三回の通院が、生活の流れになり、精神の張りを保ち、ボケ防止に役立ってくれるのであればありがたい。雨の日も風の日も雪の日もあり、通院は決して楽とは言えないが、それでもこれは、マイナスをプラスへ転換する道である。

何のための延命なのか

医療は日進月歩である。病院の施設は充実している。冷暖房完備であり、照明は十分であり、ベッドは自動で起き上がりが可能である。医療関係者は親切であり、彼らは研修を積み、知識や技術を蓄積している。税金による透析への手厚い援助もなされている。

問題は透析患者自身であろう。こうした現代の医療技術や福祉制度によって、延命が可能になっているのだ。かつて医療器具や福祉制度が不備であった時代に、透析患者は泣く泣く世を去って行ったという。しかし、今日、いったい何のための延命なのか、と改めて問わねばならない。

何らかの生産に携わっている職人、農林漁業の従事者、あるいは研究者など、生産性を維持している人々が、透析治療によって生命を長らえることには、大いに意味があるだろう。一人でも多くの透析患者が、病院の内外で、何らかの意味で、生産的な営みを目指したいものである。ちょっとした工夫で、それはできるのではないか。何らかの具体的な目安ができれば、それによって気力も充実するのではないか。何の工夫もなく、毎回ただテレビを漫然と観ているだけの状況を、少しずつでも変えてゆければ幸いである。

ろう。

フランクルの『夜と霧』

フランクルの『夜と霧』のような作品を繰り返し読むことは、難病患者にとって有意義だろう。

たとえ透析患者であっても、『夜と霧』の悲惨な状況と比べたならば、いかに恵まれているることか。そして、強制収容所の地獄と比較したならば、透析生活はいかに自由であり、存続の機会に恵まれていることか。ちょっと工夫すれば、透析中にいかに多くのことが可能になることか。『夜と霧』は、こうしたことを繰り返し認識させてくれる名著である。

フランクルは、逆境に陥った場合でも、いかにそれに対応するかという人の「態度」によって、大きな違いが出ることを繰り返し述べている。それは、神谷美恵子さんの『生きがいについて』とも響き合う内容である。

それは、透析患者の場合でも同様である。週三回各四時間の透析であるから、一年に六百時間を超えてしまう。それをただ時間つぶしとするか、それとも何かを成し遂げよう、何かを学ぼう、という明確な目標を持って臨むか。これで大きな違いが生まれるだろう。

それは、定年退職後の第二の人生でも同様である。退職後にまだ二十〜三十年と残っているかもしれない。何かを成し遂げるためには、十分な期間ではないか。どのような達成を目指すのか。それが退職後の生きがいになるだろう。

自由という問題

自由という問題を改めて考えてしまう。ユダヤ系の精神分析医エーリッヒ・フロムが繰り返し述べているように、自由を創造的に、生産的に活用することは、誰にとってもたやすいことではない。

たとえば、士農工商のように身分制度が定まっていた時代と異なり、今日、社会の流動性は保証されているように見える。貧しい出であっても、高度な教育を受けることによって、社会での向上が可能となる場合があるのだ。

しかし、多くの人が良い場所を求めて奮闘したとしても、それを獲得できるのは、実際、ほんの少数なのだ。運動の世界、学問の世界、芸術の世界、そのほかの世界でも、それは然りである。

高校野球を取り上げてみよう。地区大会の予選一回戦で敗れてしまうチームがあるだろう。地区大会を勝ち抜いて甲子園に出られるチームは、それなりに喜びを感じるであろうが、それでも一回戦で敗れるチームが出てくる。甲子園で戦い抜き、優勝の喜びに浸れるのはたった一つのチームなのだ。

さらに、甲子園などで活躍し、プロ野球を目指す選手もいるが、その中で優れた成果を挙げて脚光を浴びるのは、ほんの一握りなのだ。二軍や三軍で終わる選手も決して少なくないだろう。

どの分野においても、成功を得ることは本当に大変である。成功を得るためには、人生全体を選んだ分野に集中し、大小の工夫を蓄積し、鍛練を続けてゆくことなのだろう。そして、仮にその分野で成功を得られなくとも、まだ人生は長いのだ。その悔しさをばねとして、残りの人生を歩んでゆくしかないだろう。僕の場合、長い勤労学生としての生活のために、しっかりと勉強すべき時にそれを十分にできなかったという悔しさをばねにして、定年退職後の人生を歩んでゆくしかない。

恵まれた場所を獲得できた少数の人々は、それでよいかもしれないが、それが果たせなかった大多数の人々はどうするのか。昔と比べて、社会の流動性が増したことが、かえって多くの不幸な人々を作り出しているかもしれない。

それぞれが奮闘した過程を楽しめばよいのであって、その結果がいかなるものであったとしても、それを甘んじて受けるのだ、と口では言えても、実際は、どうであろうか。

各自が、好きで熱中できることに没頭し、それによって幸福を感じ、何とか食べてゆけるだけの収入が伴えば良いのだ、と言うことは、問題の解決になるだろうか。

別の観点で、仕事を眺めてみる。大工場の流れ作業の中で、仕事のほんの一部を担当し、仕事の全貌が見えない状態で、雇い主の利益を上げるために、その歯車となって、わずかの給料のために働く。そこでは仕事や自己に対する疎外感を覚えざるを得ない。

これは、皮肉な見方をすると、医療業界の利益のために、一介の患者として、無意味なテレビ番組を漫然と観て過ごす透析患者を連想させよう。ここで何が問題か。患者の個性はないがしろにされ、有意義な活動はなく、文化的な意味に乏しく、生産者ではなく単なる消費者として、そして単なる病院の収入源として、見なされてしまうことである。生きる上で重要な要素が欠けており、生産性に乏しく、単純な繰り返しを続けていることを、患者は意識すらしていないかもしれない。

いかようにも工夫する自由が与えられているのに、その自由を行使しようとさえしない患者の無気力には、驚いてしまう。毎日のテレビ漬けによって洗脳されてしまったのだろうか。実際、透析患者や難病患者も含めて一般の人々の物事に対する無関心・無気力には驚いてしまう。どうしてそのようになってしまうのだろうか。

一般に、深く自己を掘り下げ、自分の魂を覗き込む機会が乏しいためだろう。日常の些事に心を紛らわせ、テレビの俗悪番組に心を奪われ、スマートフォンの操作に忙殺されているのだろう。

彼らの日常生活には、創造的・生産的な要素が欠けているのだ。何かを工夫しようとする気力がない。変革は、彼らには無縁である。

自分の魂と対話をするために、何かに熱中し、それを継続するという態度が彼らには欠けているのだ。彼らは、精神の日雇いなのだ。

このような人々を操作することは、為政者にとってはたやすいだろう。彼らに適当なエサをばらまいておけばよいのである。それは、ある時は、スポーツであり、ある時はオリンピックであり、ある時はスキャンダルである。

こうした状況に対処するために、ドラッカーが言うように、自律した個人でなければならない。しっかりと熱中する対象を持ち、継続するものを持ち、生涯学習を実践し、生涯運営計画を築く者でなければいけない。

将来への対応

透析患者、難病患者に限ったことではないが、おそらく悪化してゆく将来に備えてゆく心がけが各人に求められるのではないか。

少子高齢化、非正規雇用者やひきこもりの増加、年金の縮小、国が抱える巨額の借金などを取り上げただけでも、あまり明るい将来の展望は抱けない。政治は必ずしもそれらの問題にまともに取り組んでいない。庶民は、テレビの低俗番組を見るのに明け暮れ、スマートフォンを操作するのに夢中な日々を送り、まさに「精神の日雇い」の状況であろう。社会のいろいろな組織にもほころびが目立っている。

いつの日か、こうした状況のつけがどっと押し寄せるのではないか。僕はそのことが心配である。日々だらだらと生きていた場合、これまでのしわ寄せがどっと押し寄せたならば、大慌てしてしまうのではないか。

その状況をいかに防げるだろうか。せめて日々の生活をきちんとして、将来に備えるしかないだろう。各自が持てる強みを発揮し、それぞれの持ち場で懸命に生きてゆくのである。生涯学習や生涯運営計画も助けになってくれるだろう。

透析患者の場合も、透析中に工夫できることは、いろいろあるはずである。いい齢をして何の工夫もせず、毎回漫然とテレビを観ていられる場合ではないのだ。そんなことでは、未来の衝撃が走ったとき、どうやってそれに対応しようというのだろうか。

それでも、人はそうした時代に生きてゆかねばならないのだ。それは、僕の息子夫婦や娘夫婦も含めてのことである。僕は、息子や娘たちがそれなりに仕事を続け、負けじ魂を発揮し、生産的に生きていってくれることを願うしかない。

神が与えた試練

ドラッカーは言う、「好調の時にこそ次の段階を考え、不遇の時には神が与えた試練だと思い、精神的に折れることなく、頑張るのだ」（『非営利組織の運営』）と。これは、人が長期に生産性を上げ続ける秘訣であるかもしれない。

そこで、もしかしたら定年退職後の生活も神が与えた試練であるかもしれない。

これまでは、「仕事や雑務で多忙だ。だから研究を思う存分できない」と言い続けてきたかもしれない。ただ、もしかしたら、それは、意識しているか否かに関わらず、自分が怠惰で無能であることの言い訳であったかもしれない。

実際、その日その日を仕事や雑務に追われて過ごし、三浦綾子さんが言う「精神の日雇い」

でいるほうが、長期の精神的な緊張を要する研究に従事するよりはるかに楽である。

しかし、退職後は、そのような言い訳は通用しない。今や自由時間は、たっぷりあるのだ。

神は、「今や有り余る自由時間を活用できるかどうか、やってみよ」と告げるかもしれない。

それは神が与えた別の試練である。

それに加えて、透析患者に対して、神は「変則的であるが、難病と自由時間を与えよう。それを活用できるかやってみよ」と言われるかもしれない。

難病を含め、不遇に陥った時、役立たない研究ではどうしようもない。同様に、不遇の時に力を与えてくれない宗教ではどうしようもない。試練に挑戦するために、人は研究や宗教を支えにして、立ち上がるのである。

ちょっとした工夫

良心というものは、人が創造的、生産的に生きているときに、そして文化的に好ましい状況が存在しているときに、発達するのではないか。

現代生活を眺めると、良心をはぐくむ土壌が、昔より減っているのではないかと思われる。それは、暴力や殺人にあふれた新聞やラジオやテレビ、素朴な道徳を含んだ民話の欠如、共同体の衰退、物事の断片化、核家族、母子家庭、ひきこもり、職人気質の減少、教育の欠如、倦怠、無気力、生活の質の減退、個性の欠如、多様性の欠如、疎外状況、などを考慮した場合である。

実際、昔と比べて、冷暖房の完備した快適な状況で暮らしているのだ。その気になれば、優れた文学作品や素晴らしい音楽に浸れるはずではないか。いろいろなごちそうも味わえるではないか。そのような恵まれた物質的環境にいて、精神的な向上のために、なぜもっと工夫をしないのだろうか。

良書を読んで考え、自分の考えを書く。断片化ではなく、集約を求める。良い音楽を楽しみ、自分でも歌い、楽器を弾く。絵画を観賞し、自分でも描く。ささやかでも福祉活動を行なう。単なる消費者ではなく、生産者として働く。たとえ狭いアパートの小さなベランダでも、ミニトマトを生産できるではないか。物質的には質素に、精神的には高雅に暮らす。工夫して仕事をする。仕事外の時間を生産的に活用する。自分にとって意義のある仕事を日々実践する。

ちょっとした生活の工夫で大きな違いが生まれるかもしれない。

もし誰かが問いかけてきたとする、「なぜ透析中に作業をしているんですか。ほとんどの患者さんは、テレビを眺めているでしょうに」と。

僕はこのように答えるだろう。「透析患者の平均寿命は、おそらく短縮されているんですよね。僕たちの腎臓は、透析の間しか機能していないんですから。それを考えると、透析時間も貴重なんですよ」。

また、「透析患者は、一人につき多額の税金援助を受けているんじゃないですか。それを考えると、申し訳なくて、透析中も何か生産的なことをしていたいと思いますよ」。

さらに将来、財政状況が悪化した時、納税者たちから「透析患者はいったい何だ、おれたちの税金をたくさん使っているくせに、のほほんとテレビを眺めて過ごしている。けしからん。あの連中にもっと自己負担をさせろ」と文句を言われたら、いかに対応しますか。

生涯学習を求めて

玉川大学出版局などから多くの参考書が出版されているが、生涯学習は社会にどれほど浸透しているのだろうか。以下は、狭い範囲における僕の印象である。

二十代の中ごろ、当時住んでいた地域で自治会役員を務めていたが、年配の役員たちがよく口にしていた言葉、「夜になると、酒を飲むか、テレビを観るか、母ちゃんと寝るしかないんだよな」に、「えーっ!」と驚いた記憶がある。

また、村上春樹の神秘主義を含む『羊をめぐる冒険』の開拓部落において、開拓者は奮闘し、部落が町に昇格するのであるが、人々は「仕事から戻ると、平均四時間テレビを観て眠る」と書かれてあり、また「えーっ!」と驚いてしまったのである。

さらに、腎臓の悪い僕が透析治療室において目にしたのは、百名の患者に対して九十九名までがベッドに備え付けのテレビを漫然と眺めている光景であり、再び「えーっ!」と衝撃を受けたのである。

これらの日常生活や小説の話は、僕の狭い領域での知識であるが、いずれにせよ、これらは「過ぎ去りゆく現象」であると見なしたい。広い世間には生涯学習の好例を見出せるだろう。たとえば、視点を若い学生たちに向けるならば、僕が担当していた「ユダヤ文化とビジネス」の講義において、毎年三百名の受講者は、核とすそ野、生涯学習、生涯運営計画を含めた内容に関して、まじめに意見を書き、僕に励みを与えてくれたことも少なくなかったのだ。若い学生たちは時代の変化を敏感に感じ、意識の変革を示しているのである。すなわち、大学を卒業したら、勉強が終わりになるわけでなく、それから生涯学習が始まるのである。激変の時代において、知識を絶えず吸収していなければ、効率的に生きてゆくことは難しい。また、ドラッカーの説く「知識労働者」として生きてゆくのであれば、絶えず知識の吸収が必要である。

若い学生たちに加えて、百歳を超えても活動を続けた日野原重明さんや九十歳を超えても執筆活動を継続している瀬戸内寂聴さんや、放送大学で学び続けている九十代の人々がいる。また、九十六歳で他界した僕の母は、最期の日まで読書を続けていたが、入浴時の心筋梗塞によって旅立っていった。昔で言えば尋常小学校を出ただけの母であるが、「とても母にはかなわないな」と痛感する次第である。

したがって、生涯学習において教員が対象とすべきは、こうした若い学生たちと意欲のある成人である。これらの人々の潜在能力は、今後どのように発展するか楽しみである。教師に可能なことは、その潜在能力がいつか開花するよう知的刺激を与えてあげることだろう。

ところで、生涯学習の対象は、たまたま学習者が生まれ落ちた時代や環境に限定される必要はない。僕の場合、ユダヤ研究に打ち込みながら、十九世紀アメリカ作家ヘンリー・デイヴィッド・ソローの生き方に惹かれ、また、江戸時代や明治維新からも学びたいと願っている。生涯学習は、時空を超えた学習対象を求めることが可能であり、また、それが望ましいことなのである。

昔、東欧のユダヤ社会において、三歳の男子を幼年学校（ヘデル）へ初めて連れて行くとき、教師や両親は子供に蜂蜜や菓子を与えたという。それは、「教育は甘美なり」という思想を三つ子の魂に刷り込ませる儀式であった。実際、学ぶことは、甘美なことであり、知らないことを知る大きな喜びなのだ。この思いが続く限り、生涯学習は達成されてゆくだろう。少数派であるユダヤ人の間からノーベル賞受賞者が排出されてきた秘訣は、こうした幼時体験にも見出せるのかもしれない。

また、ユダヤ人の場合、聖書の注解であるタルムード研究に顕著に見られるように、絶えず問いを発し続ける。多面的な注解作業が次々と問いを生み、議論が果てしなく続く。ある時、僕はユダヤ系経営顧問を青山学院大学に招き、半日を共にしたが、彼は滞在中、問うことをやめなかった。問いを発し続け、その答えを探求してゆく過程が、生涯学習への道程となってゆくのだ。

ユダヤ研究は、文学・歴史・宗教・商法を含めて幅広い知識を要求する分野であるが、それにしても、自らの分野にのみ閉じこもっていたのでは、先細りしてゆくかもしれない。むしろ、関連するほかの領域に「芋づる式に」踏み出してゆくことは、異なる領域の相互関連を学ばせ、それが自らの立ち位置を確認させ、興味深い課題の発見へとつながるかもしれない。専門分野はそれぞれ自律している面もあるが、孤立して有効に機能できるものではなく、むしろ互いの専門知識をうまく取り入れ、相互関連を確かめながら、互いに発展を目指すほうが成果も挙がり、得策ではないだろうか。

いずれにせよ、生涯学習を継続すると漠然と誓っているだけでは、それを達成することは難しく、具体的な準備が不可欠である。

十年、二十年、三十年先に向けて研究課題を設定し、そのための記録を作り、参考文献を整え、それを徐々に読み、ひらめいた考えを該当する小見出しに挿入してゆく。一寸先は闇であるという現実や、人生の紆余曲折を経ながらも、生涯学習の計画を練り、それを柔軟に修正してゆくことが望まれよう。

定年後も執筆活動に励むためには、十〜二十年前からの準備が必要である。具体的には、思いついた執筆課題を記録し、浮かんだ内容を前もって書いておき、参考文献を読んで、役立つ内容を記述しておく。機会があれば、課題に関する講演をして、聴衆の反応を窺う。そして、論文や随筆を、共著や単著にまとめてゆく。

こうした準備をしておくわけは、定年後に予想される体力・気力の衰えに対処するためである。前もって書くことを準備しておけば、衰えゆく体力・気力によっても執筆活動は継続できるだろう。

定年によってしりすぼみになってしまうのか、それとも生産性を維持するのか。それは、生涯学習と生涯運営計画にかかっている。

絶えず学び、そして学びなおす。知識労働者として生きてゆくのは、この道であろう。生涯学習の過程において、人生に不可避的に伴う失敗や失望も修正されてゆくかもしれない。

今後、生涯学習を実践する人が増えてゆくならば、それを夜間大学や大学院、放送大学などでいかに受け入れてゆくか、が問われてゆく。

ユダヤ人のことわざは言う、「老いは、学ばぬ者には冬、学ぶ者には実りである」。

永遠の問い

前述したように、生涯学習という考えは、ハイテク産業の発達などに伴ってしばしば語られるようになったが、ユダヤ人に関して言えば、生涯学習は最初から彼らの宗教的な義務であった。神より与えられた戒律に従って生き、効率的で生産的な生涯を送るために、聖書やその注解タルムードや他の聖典を学ぶことが宗教上の義務であった。それは厳密で多面的な読解作業を伴う学習であり、その延長として、世俗の学問を学ぶことは、ユダヤ人にとって容易であった。

僕は半世紀近くユダヤ研究を楽しんできたのであるから、少しはユダヤ人に見倣って、当然、生涯学習に力を入れてゆかねばならない。もしそれを怠けるようであれば、何の為のユダヤ研究か、と誰かに疑われてしまうかもしれないし、第一、それでは自分に対して合わせる顔がない。

ただし、生涯学習を継続するためには、それを単に唱えているだけではその実践は難しく、それなりに具体的な戦略が必要である。

人の生涯における節目、たとえば、入学、卒業、就職、結婚、子育て、子供の親離れ、病気、退職などを工夫して乗り越えながら、生涯学習を継続してゆくのである。

実際、人は生涯における節目を大切にして、それを乗り越えてゆくべきだろう。ユダヤ人の場合は、金曜夜から土曜夜にかけての安息日を目安に週を過ごし、多くの祝祭日を節目にして一年を過ごしてゆくが、それは生き方の惰性を防ぎ、折に触れて気持ちを刷新し、生活にメリハリをつける意味で、大いに望まれることだろう。われわれ日本人の場合も、日曜日や祝祭日の過ごし方など、ユダヤ人の祝祭日より学べることが少なくないかもしれない。

さて、生涯学習に関して、具体的な長期の目安がなければならない。その目安に向かって、今日は何を成すべきか、という逆算方式で生活を営むのである。これによって、時間を効率的に使え、時間の質が上がるだろう。

聖書によれば、神が混沌から宇宙を創造された時、その目的があったはずである。また、神が人を神に似せて創造された際、その目的があったはずである。

人は、自己の目安をいかにして神の創造の目的に合わせることができるだろうか。それは、永遠の問いであろうが、それにはまず、神の属性の一部である創造性や生産性がかかわってくるだろう。創造的・生産的な人生を目指して、少しずつでも進みたいものである。

日常の些事に追われている「小我」と、宇宙の目的や運航に連なるかもしれない「大我」

との格差を、いかにして埋めてゆくことができるだろうか。これもまた永遠の問いであろう。人の性格は、善と悪など、対立や矛盾を含み、また、人の生涯も多様性と共に矛盾を多く包含しているが、それでも、問い続け、目的を持って歩む彼方に、長い眼で見て、ヨブの場合のように、意味のある集約がなされるかもしれない。それは、まさに遠い希望の灯である。

経営思想

生涯学習を展開してゆくうえで、経営思想は必要ではないか。生涯という長い期間には、紆余曲折が伴うであろうし、僕のように、難病に侵されることもあろうし、いろいろな悲劇に見舞われることも少なくないだろう。誰しも無傷で、あるいは大嵐に遭遇しないで、生涯を渡ることは難しい。

ちょうど企業が大規模になり複雑になれば経営思想が必要になるように、生涯という長期で複雑な旅路にも経営思想が道連れとして有益だろう。

経営思想と言えば、企業の経営者を連想するかもしれないが、もちろん、誰しもが企業の経営者になれるわけではない。それにもかかわらず、誰にとっても経営思想を抱くことは、生涯を運営する上で大切ではないか。

人は、家族を持ち、職場で役割を担当し、社会で暮らし、社交組織などに参加する。夫であり、主婦であれば、経営思想を持って、家族の生活を営む。職場では、社長であれ、守衛であれ、それぞれ経営思想が求められよう。職場を訪れる人は、守衛の態度によって、その組織に対する印象を改めるかもしれない。

社会では、自治会などにおいて、また、社交組織においても、経営思想を発揮することで、活動を充実させることができるのではないか。結局、人は、大きな流れの一部として、流れの目標を目指し、その役割を果たしてゆくのである。

経営であるから、組織の、あるいは各自の生涯の使命（ミッション）が求められるだろう。組織の使命とは何か。そして、自分の生涯における使命とは何か。これらを常に問いかけてゆくことが大切だろう。

使命とは、生涯の節目によって、見直され、修正されるものかもしれないが、それを問い続けながら、人生を送ることは有益ではないか。ドラッカーがしばしば問うように、「あなたは何によって記憶されたいか」と我が身に問いかけることも、生涯の使命を築く助けになるかもしれない。

実際、明日は何が起こるかわからない人生で、使命を維持することは大変かもしれないが、予期せぬことも多い人生で何か目安を持っていないと、単に雑事に流されるままで終わってしまう。それでは生産的に生きているとは言えない。

前述したように、誰もが企業の経営者になれるわけではないが、それでも誰にとっても経営思想は大切であると思う。たとえば、自分が所属する団体、自分が営む家庭、自分が試みる企画など、日常生活において経営思想が求められるだろう。経営思想の有無によって、生涯学習に大きな違いが出てくることだろう。

経営思想は、人生の混沌の中で、緑地のような一種の理想の構築物と言えるかもしれない。そこには、当然、理想と現実との乖離も生じることだろう。しかし、たとえ乖離が生じたとしても、そのような理想の構築物は人が生きてゆくうえで必要なのである。

理想と現実との乖離に関しては、ユーモアを一種のクッションのように用いて、「屋根の上のヴァイオリン弾き」のように危うい均衡を取りながら、人生の旋律を奏で、生涯学習を継続し、存続を求めてゆくのである。

各年の課題

生涯学び続け、自己を活性化してゆくために、具体的にどのようなことが必要だろうか。大きな枠組みで物事を捉える姿勢と、その中で細かい問題を具体的に考える態度が共に求められるだろう。

生涯学習であるから　生涯の目標を立て、さらに、具体的に年度ごとの課題を設定できたらよいかもしれない。実際、年度ごとの課題と言っても、数年かかる内容が含まれる場合もあるだろう。

ＵＳＢに年度ごとの課題記録を作って、頭に浮かんだ企画を次々と挿入していったらよいかもしれない。その内容を時々見直し、手直しすることも必要になるだろう。

こうした記録を作る利点は何であろうか。一つは、自分の学習に何らかの体系や流れが生み出されてくることだろう。学習に体系や流れがなく、方向性がなかったら、生涯学習は難しくなるだろう。単に、その場しのぎの仕事を繰り返していると、やがてそうしたことに嫌気がさして、学習自体をあきらめてしまうようなことも起こりかねない。

年度ごとの課題とは、人が生涯を運営してゆくうえで、何が大きな課題か、何が大切な問題か、何が獲得すべき知識であり技術か、などの問いかけと無関係ではないだろう。生きることと学ぶことが連動することが望ましいことであり、単なる知的遊戯では、学習はおそらく長続きしないだろう。

ドラッカーが勧めるように、あるいはユダヤ人が安息日で実践するように、各年の課題をときおり見直し、それに関して瞑想し、将来の方向性を確認してゆくことも大切なことだろう。かつての僕がそうであったように、がむしゃらに突進するだけでは、途中で息切れしてしまう。

翻訳

翻訳という仕事を生涯学習に組み入れることはどうだろうか。たとえば、海外の文学作品を日本語に翻訳してみる。それは、もちろん、逐語訳ではなく、海外の作品をいかに日本語で再構築するか、という意味である。翻訳をしていると、細かい点までゆるがせにできないので、作品の襞に分け入って、理解を深めるという利点があるように思う。

ところで、O教授は、たくさんの翻訳を出版されてきた方であるが、研究書も四冊ほど出しておられる。研究書の内容には、これまで翻訳されてきた作品が多く含まれている。僕は、かつてO教授の研究論文を拝読したことがあったが、翻訳を通して作品の襞に分け入り、それを研究論文に活かした、一味違う内容であるという印象を持った。翻訳と研究書執筆という響き合いを持ったO教授の仕事は、参考になると思う。

いっぽう、村上春樹さんは、ひんぱんに翻訳を発表されると同時に、旺盛な創作活動を展開している。翻訳と創作という相互関係を持った村上さんの仕事も大いに参考になる気がする。

ただし、僕の場合、これまで共訳を六冊出す機会を持ったが、翻訳に関してそれほど継続した興味を抱いているわけではない。むしろ、読書中に気に入った表現を筆写することを、長年楽しんできた。そのために使用したノートは、二〇一九年六月現在で、二八七冊目である。翻訳をしていれば、細かい点までゆるがせにできないが、反面、書物にはじっくりと読むべき重要な個所と、ある程度流し読みをしてもかまわない個所とが含まれているかもしれない。そこで、僕の場合、じっくりと読むべき個所を、繰り返し注目するだけでなく、筆写を通してじっくりと味わうことにしているのである。これは、翻訳の場合と違うが、これも一つの読み方ではないだろうか。

僕の妻は翻訳に熱心であるが、僕の場合は、翻訳作業は機会があれば挑戦することにして、もっぱら筆写という楽しい作業を通して、研究論文を執筆してゆきたいと考えている。ベローなどのユダヤ系作家、フロムなどのユダヤ系思想家、ソロー、ドラッカー、フランクルなどの著作より気に入った文章を筆写していると、その素晴らしい思想にうたれ、筆写をしながら、いろいろな考えが浮かんでくる。こういう仕事をしていれば、人生は倦怠とは無縁である。

文化の程度

改めて教育とは何か、と問う。教育とは、各自の強みや、好きで熱中できることを発見し、それを伸ばす手助けをするものだろう。

たとえば、経営学部は、どのような人材を養成しようとしているのか。それは、経営者であろう。それは、必ずしも企業の経営者という意味ばかりではなく、共同体、家庭、育児、結婚などの経営者である。したがって、経営学部で三十七年間も教鞭をとった僕が、退職後の生活を生産的に運営できないようではどうしようもない。あるいは、透析生活を生産的に運営できないようでは、どうしようもない。

自分が好きで熱中できるもの、それが音楽であれ、運動であれ、囲碁であれ、それを人生の初期において発見できる人は、幸せである。

反対に、大学を出る時になってさえも、自分が何をやったらいいのか分からない人は、困ったものである。

受験教育とか、偏差値などという人の能力を数値化してしまう教育にも、困ったものである。いい大学を出て、いい会社に勤めて、それで安泰、という人生観はとっくに崩れているのではないか。

激動の時代には、どこの大学を出たとか、どこの会社に勤めているのかが問題ではなく、自分は何ができるのか、が問われてくるだろう。

自分は何ができるのか。これに答えるものが生涯学習だろう。自分が好きで熱中できるものを、生涯をかけて磨き上げてゆく。それで幸福を感じることができ、何とか食べてゆける収入を得られるのであれば、それで良しとしなければならない。

教育とは人の生涯にかかわるものではないか。人は、学ぶことを辞めるのであれば、生きている意味がない。最期の日まで学び続けることが人の理想である。

したがって、教育に携わってきた者が、退職と共に学習を放棄してしまうようでは、どこにも顔向けができないだろう。そのような人は、そもそも教育とはなんたるかを理解しないで、教育に携わってきたことになるのではないか。

生涯学習を実践する人がどのくらい存在するか、によって国の文化の程度も決まってくるのではないか。

ところで、日本やアメリカやイスラエルを含めて、世界諸国で貧富の差が増大しているかもしれない。それは困ったことである。できるだけ多くの人々が、せめて飢えることなく、何とか文化的な生活を送れるよう目指すべきである。また、全体の数の均衡を考え、一家族の子供の数は二人くらいが望ましいのではないか。

さて、世界に大金持らはいると思うが、単なる物質的な富はあまり意味がないだろう。いくら裕福であったとしても、この世を去る時に一緒に持ってゆけるものは、ほとんどないのである。いかに精神的に豊かであったか、が問われるべきだろう。蓄財を慈善に活かし、大学や美術館や博物館などを建て、それに寄贈者の名前を付ければ、名誉が残り、後世の人々に文化を享受する恵みも与えることだろう。

いっぽう、あまり豊かでない人々は、金持ちをねたんでいるかもしれない。ただ、仮に豊かでないとしても、何とか食べてゆけるのであれば、それで満足しなければいけないだろう。むしろ、問われるのは、精神的に豊かで意味のある生活をしているか、生涯学習を楽しんでいるか、だろう。物質的に貧困であり、さらに精神的にも貧しいのであれば、人生を営む意味があまりないだろう。

生涯学習を思う。そして、死を思う。これらを思うことによって、人の言動は長い間に大きな違いをもたらすだろう。反対に、これらが欠けている場合、人はつまらない喜びに我を忘れ、雑事や些事に忙殺されて生涯を終えるかもしれない。

ユダヤ人が生涯学習に従事することが多いのは、彼らの宗教の戒律によるものかもしれないが、同時に、彼らの日常や歴史が彼らに死を意識させることが多いためではないか。それは、ソール・ベローの場合にも言えることかもしれない。ベローは、生涯において死を思い、生涯を修復の過程であると考えて過ごしたのである。

僕自身が死を意識することが多いのは、『青春の光と影』にも書いたように、子供のころから死に近づいた体験を何回も経ていることや、高校時代に愛読した『徒然草』や『平家物語』の影響や、ユダヤ研究によるものかもしれない。

生涯運営計画

ホロコースト生存者であり、著名な精神分析医であるヴィクトール・フランクルが『夜と霧』や『意味への意志』で説くように、人は人生に目安がなければならない。果たすべき仕事があり、充足すべき意味を持つことが、紆余曲折を経て生き延びる秘訣である。フランクルは極限状況である強制収容所においてさえ、こうした生きる目安を失わなかった。それは、収容所でナチスに奪われた彼の生涯の仕事を再構築することであった。彼は、チフスに侵され、高熱に苦しみながらも、その生涯の仕事に挑んだのだ。フランクルの極限状況を思えば、われわれは平凡な日常生活において、目安を持って生きようとする思いに駆られるのである。

さて、生涯運営計画とは、『非営利組織の運営』など、ドラッカーの著作にも言及されるように、物事の全体像を描き、それを日々具体化してゆく生き方である。

あるいは、著名な文化人類学者であるアシュレイ・モンタギューが説く「人生を全体的に眺めよ、あとは成すべきことを日々の仕事に振り分けてゆけばよいのだ」（『もののの見方』）

という思想である。

さらに、ヴィクトール・フランクルは、「死の床から人生を振り返る」ことを『夜と霧』で述べているが、これも生涯運営計画にかかわることである。仮に死の床から人生を振り返るならば、今日の一日を大きな痛みもなく仕事に打ち込めることは、なんという幸せであろうか。感謝の気持ち無くしては一日たりとも過ごせない。

ユダヤ教においては、人は戒律に従って日々の生活を運営し、この世を去るにあたって、最後の審判を受けるが、そこでは、この世における善行と悪業が秤にかけられ、天国か地獄かが決定されるという（『ユダヤ教案内』）。こうした宗教に従えば、ユダヤ人は生涯運営計画を必然的にたてるようになるのではないか。

物事を効率的に運営してゆくためには、可能な限り全体を見なければならない。人生を効率的に運営してゆくためには、したがって、生涯を見なければならない。生涯運営計画が必要となってくるわけである。

人の生涯において入学、卒業、就職、結婚、育児、定年などは、重要な節目である。それらの節目に対して、前もって目安を立て準備することは、大切な生涯運営計画の一環である。たとえば、女性にとって、結婚や育児を経て、自分の職業を継続してゆくことは、かなり高い障害を越えて行くことになるかもしれない。育児が一段落した後でも、女性にとってまだ何十年という人生が残っているのである。その人生をいかに運営してゆくのか。ベティ・フリーダンが『新しい女性の創造』で述べ、斎藤茂男が『妻たちの秋思期』で論じた、郊外に住み、豊かな電化製品に囲まれていても、生涯にかける夢もなく空しく生きる女性の問題を、いかに解決してゆくのか。これらに対処するためにも生涯運営計画の大切な役割があると思える。

人は二十代の前後で「こんな風に生きたい」と考える時期があるのではないか。生涯の目標を立てて働きたい、ということもあろう。元気で働けるとしたら、七十～八十歳くらいまでかもしれない。五十～六十年ほどの労働期間を、いかに目安を持って過ごしてゆくのか。また、年齢によって生涯運営計画は、異なってこよう。若い頃は、生涯このくらいの達成をと夢見るが、ある程度の人生体験を経た人の達成計画は、異なってくるものであろう。しかし、いずれにせよ、生涯を大きく捉えてその達成目標を記録してゆくことは大切である。人生の紆余曲折の過程で、ある時は思いがけない幸運によって、目標が促進されるかもしれないし、また、ある時は予期せぬ難病に侵され、目標が頓挫するかもしれないが、その時は、計画を修正し、優先事項を再検討し、時間配分を直してゆけばよいのである。生涯運営計画を折に触れて見直すことで、自分の立ち位置や、優先事項への時間配分も確認できるのである。長い眼で生涯運営計画を眺めることは、目安を持ち、時間管理をし、日々を充足することを可能にする。

江戸時代を描く池波正太郎が述べるように、「人は、生まれ出た瞬間から、死へ向かって歩み始める」(『男の作法』、『武士の紋章』、『日曜日の万年筆』)のであるから、この避けられない事実を折に触れて心にとどめ、日々を充実させてゆかなければ、人生はいたずらに空転してしまう。

そこで人は生涯運営計画を築くにあたって、「経営者の心得」を維持することが大切であろう。たとえ、組織の末端にいても、経営者の心得を持つことは望ましい。守衛をしていても、経営者の心得を持って仕事にあたることで違いが生まれ、外部よりの訪問者は、そうした守衛の態度を見て、その職場の印象を改めるかもしれない。

また、人は、一家の主人や主婦になるにせよ、あるいは結婚、育児、介護においても、経営者の心得を持つことは大切である。それなくしては、生涯の運営を首尾よく果たせないであろう。

変化の多い時代であるからこそ、目安を持っていないと、ただ流されてしまう。目安を持つことによって、人生の災難に際しても、心が折れず、緊張を維持し、存続してゆくことが可能になるのである。

さて、人生の目安に加えて、ピーター・ドラッカーや、ブルース・ローゼンシュタインも『複数の世界を生きて』で述べているように、「仕事以外の真剣な趣味」を持つことは、生涯運営計画に必要である。

たとえば、仕事以外の真剣な趣味として、歌うことを取り上げてみよう。日々、着替えのたびに、カラオケの要領で歌うとしよう。このように簡単な日々の習慣でさえ、それを生涯運営計画に位置づけるとき、大きな違いを生むのではないか。

生涯学習の浸透、そして仕事以外の真剣な趣味によって、テレビを漫然と観ている人が圧倒的に多い透析治療室の光景も、（かつて評論家の大宅壮一が述べた）「一億総白痴化」より（ある首相が説く）「一億総活躍社会」へと変わってゆくかもしれない。

ボブ・バフォードは『最後を飾る』で多くの事例を挙げているが、六十代における定年後の人生設計は、四十～五十代から具体的に始めておくべきである。退職してからでは遅いのである。人類史において未曾有である平均寿命の延びは、それ自体は恵みかもしれないが、バフォードも指摘しているように、その準備や対応を怠ると、必ずしも幸福をもたらさない。

ちなみに、池波正太郎の作品（『ないしょないしょ』、『鬼平犯科帳十五　雲竜剣』、『武士の紋章』、『黒幕』など）には、人生の最期を飾る多くの味わい深い描写が見られる。池波正太郎は、生涯の運営計画に深い関心を抱いていたのであろう。

また、ピーター・ドラッカーは、経営相談、教育、執筆という関連三領域が豊かに響き合う人生を送り、九十五年の長い人生を最後まで飾ったのである。

最期を飾るためには、心身の健康が重要であるが、僕の場合、残念ながら、慢性腎不全のために、この点は致し方ない。何とか大きな痛みもなく仕事のできる日々が続くことを願うばかりである。

定年後に、非営利組織での奉仕活動など、新たな領域を開拓し、老いてゆく心身に希望の灯をともす生き方も有益であろう。他者のために奉仕する、社会に役立つ、そこに違いを生み出す。このような行為が、生き甲斐を感じさせ、生命の輝きを増すのである。そこでは職場とは異なる多様な人生に触れ、新たな自己や価値観の発見があるかもしれない。このような非営利組織における退職者の奉仕活動は、巨大組織である政府の手の行き届かない領域で少子高齢化社会の円滑な運営を助けるだろう。

平均寿命の伸長に伴って、定年を延長し、老いても働ける人は、引き続き心身を活用すべきである。それでこそ平均寿命が伸びた意味がある。単に呼吸をして生きながらえるのでは、さしたる意味はない。長く働き、ある日、眠るように世を去ることができれば、それは最期を飾る姿として理想である。

各人がいかなる分野であれ、それぞれ熱中できる対象に没頭し、ある程度の満足感を抱いて人生を終えることができるならば、それだけでユダヤ教の使命である「現世の修復」は、一歩ずつ達成されてゆく。

闘い続ける

日本の将来を考えた時、一人でも多くの人が生涯運営計画のようなものを築いて目安を持って生きてゆくことが、将来の不安を少しでも減らす道ではないかと思う。高齢者の増加と年金縮小の問題、医療の発展と平均寿命の伸長と人生の意味の欠如、非正規雇用者やひきこもりなどの増大とそれがもたらす社会不安など、生きてゆくうえで取り組むべき課題は多いだろう。

社会変化が激しく、不確定要素に充ちた将来ではあるが、そうであるからこそ、各自が生涯運営計画を立て、それを柔軟に修正しながら、目安を持って生きてゆかなければ、ただ流されてしまうことにならないか。

たとえ、勝利を得ることは困難であるとしても、少なくとも闘い続けているのであるから、負け犬の心境には陥らない。このような精神だけでも維持できたら、生きる上で楽だろう。

集約されるもの

研究は生涯運営計画に集約されるべきなのだ。ベロー、ソロー、フランクル、ドラッカー、村上春樹、中野孝次、池波正太郎、三浦綾子、山崎豊子など、それぞれ人の生き方を描いているのだ。したがって、それは生涯運営計画に集約されるべきなのだ。

生涯を考えるとき、各自は核とすそ野を構築してゆかねばならない。核があいまいである時、自己は単に薄く拡散してゆくだけであろう。人は核を明確にしてゆかねばならない。そのために熱中できること、長期に打ち込めるもの、継続できるものを持たねばならない。核やすそ野の構築に貢献しないものに従事していることは、時間の浪費である。

夫婦共稼ぎ

今後、試行錯誤を経て、夫婦共稼ぎの世帯が増えてゆくのではないか。苦労は多いかもしれないし、いろいろ工夫が必要でもあるが、僕は夫婦共稼ぎに賛成である。

残念ながら、今後、年金にそれほど期待できないであろうし、仮に夫婦のいずれかが倒れた場合、夫婦共稼ぎでないと、たちまち生活に窮してしまうことになるだろう。

女性の場合、子育てが一段落した後も、平均寿命の伸長によって、まだ数十年の人生が残っているのである。いかに生産性を維持してそれを生きぬくのか。この点でも、夫婦共稼ぎであったならば、問題は解決されるのではないか。

僕たち夫婦はずっと共稼ぎであったし、僕の息子や娘の夫婦もそれぞれ共稼ぎである。確かに、やりくりが大変なことは多く、独りで同時に複数の仕事を片付けねばならないような局面にもしばしば遭遇する。ただし、長い眼で見れば、それはやりくり上手という能力を伸ばすことになるかもしれない。損はないのである。

夫婦共稼ぎの場合、二人の協力体制が大切である。夫婦は、お互いの苦労がよくわかるから、生活は大変であっても、夫婦の絆は強まるかもしれない。

また、夫婦の両親や友人や知人たちの協力を仰ぐことも頻繁にあるかもしれない。それは、長い眼で見れば、人間関係の構築につながるわけである。こうした人間関係のおかげで、夫婦だけの子育てが引き起こすかもしれない不都合を減らせるならば、幸いである。

あとがき

退職後、つれづれなるままにその時々の想いを、ＵＳＢの該当する小見出しに書き入れてきた。

退職後、僕は、毎日、十数冊の本を交互に読み、その中の気に入った文章を筆写することを楽しみにしているが、そのようなとき、気に入った文章に触発され、連想によっていろいろな考えが浮かんでくるのである。その中には、研究に関する内容もあるが、退職後の想いもけっこう頻繁に湧き上がってくるのである。それを、浮いてくるたびに、ＵＳＢの該当する項目に挿入していった。

途中までは、そうした想いを書き入れるとき、その中の鍵語を強調して表示し、考えが浮かび上がる順番にＵＳＢに挿入していった。鍵語を強調して表示したのは、後で読み返すときに便利ではないか、と思ったからである。

ところが、ある時、そのように挿入していた文章が、かなりの分量になっていることに気が付いた。もしかしたらこれは本になる分量ではないかと思い、その時点で、改めて書いた内容を分類し、編集を始めたのである。

僕は、自分の習慣として、数編の論文を交互に執筆する際、たとえ一日に三行を書いたとしても、それは一ヶ月で四百字詰めの原稿九枚分になり、一年で百枚以上になることに、希望の灯を抱いている。「継続は力なり」である。ただし、実際、書いていると、三行どころか、けっこうの分量をＵＳＢの小見出しに挿入しているのである。

こうした作業を毎日繰り返し、それがささやかでも前進していると感じることは、気持ちが良いものである。それは小さいことながら生きがいとなる。老いを迎え、次第に体力や気力が減退し始めるとき、たとえ小さな生きがいであっても、それは僕に活力を与えてくれるのである。

実際、僕の退職生活は、始まったばかりであるから、いろいろ暗中模索しているところである。そうした暗闇を手探りで進むような状態でも、遠くに希望の灯が見えるならばありがたい。何とか目安を見出そうとして、本書を少しずつ書いてきたのである。執筆は、退職生活を送るうえで、一つの流れになって、楽しかった。

ところで、自分でも驚いたことに、運転免許の更新時に当たって、高齢者講習を受けるよう便りが届いた。「もうそんな年齢になったのか！」という驚きであった。そこで、自動車教習所に出かけてみると、同年齢の男女といろいろ話し合う機会を持てた。また、週三回通院している病院の待合室でも、僕と同年齢か、それ以上の人たちと話し合う機会が少なくない。そうした折にしばしば感じることだが、皆さんはそれぞれ老いの生活を送るのに苦労しているのではないか、ということだ。

そこで、各人が老いの生活の工夫を綴ったら、興味深いことだろう。たとえば、透析中には時間がたっぷりあるのだから、漫然とテレビを観ている時間を、「透析患者が老いの生活を綴る」ことに充当することは、どうだろうか。

いずれにせよ、すでに述べたことだが、老いても自分が打ち込めるもの、熱中できるものを持っていないと、悲惨だ。たとえば、僕の父が熱中していたように、それは園芸でもよいのである。草木を愛でることは、自らの衰えゆく活力を、成長する植物によって少しでも回復しようという願いが込められているのかもしれない。

何か打ち込める対象を持ち、退職後の人生を充実させる人が増えてゆけば、長い眼で見て、文化の質がどっしりと向上してゆくだろう。長く磨き上げ、鍛え上げた知識や技術が、人生に豊かな実りをもたらしてゆく。それは、急がず、休まずの人生である。

反対に、若くして脚光を浴びることがあっても、線香花火のようにあっという間に消えてしまい、使い捨てにされることもあるだろう。それは、長期にわたって活動し、花を咲かせるという人生ではない。それでは、文化はやせ細り、みすぼらしい残骸の堆積となってしまう。それでよいのか。

短期で燃え尽きてしまう人より、長い眼で見て、生産性を維持できる人が増えてゆくことは、社会を安定させ、文化の成熟を招くだろう。人として、どちらが幸せか。

大して意味もない事で忙しく動き回って、消耗してしまうのでは、何のための人生か。

本当に自分がやりたいことを、できるだけ人生の早期に見出し、それに没頭して過ごす。それは、人として生まれた以上、幸せな生涯となることだろう。

本当に自分がやりたいことを追求し、その道で自己を深く掘り下げてゆく。しっかりと個性的な人生を送り、個性的な死を迎えることができたなら、幸いである。それは誰にとっても今後の課題であり、希望の灯であるだろう。

本書の出版を快諾された大阪教育図書の横山哲彌社長、そして本書の内容を細かく検討され、体裁の統一などの複雑な仕事を効率よくこなしてくださった編集スタッフに心よりお礼申し上げます。

二〇一九年十月

引用・参考文献

Blech, Benjamin. *The Complete Idiot's Guide to Understanding Judaism*. New York: Alpha Books, 2003. 『ユダヤ教入門』

Buford, Bob. *Finishing Well*. Nashville: Integrity Publishers, 2004. 『最期を飾る』

Cronin, L. Gloria & Siegel, Ben eds. *Conversations with Saul Bellow*. Jackson: UP of Mississippi, 1994. 『ソール・ベローとの対話』

Defoe, Daniel. *Robinson Crusoe*. New York: Everyman's Library, 1906. 『ロビンソン・クルーソー』

Drucker, Peter F. *Managing the Non-Profit Organization*. New York: Harper, 1990. 『非営利組織の運営』

Epstein, Helen. *Children of the Holocaust*. Middlesex: Penguin Books, 1979. 『ホロコーストの子供たち』

Frankl, Viktor. *Man's Search for Meaning*. New York: Pocket Books, 1959. 『夜と霧』

——. *The Will to Meaning*. New York: A Meridian Book, 1969. 『意味への意志』

Friedan, Betty. *The Feminine Mystique*. Middlesex: Penguin Books, 1963. 『新しい女性の創造』

Fromm, Erich. *Escape from Freedom*. New York: Henry Holt and Company, 1941. 『自由からの逃走』

Montagu, Ashley. *On Being Intelligent*. 成美堂、1982. 『ものの見方』

Nitobe, Inazo. *Bushido.* Tokyo: Charles E. Tuttle Company, 1969.『武士道』

Okakura, Kakuzo. *The Book of Tea.* Tokyo: Charles E. Tuttle Company, 1956.『茶の本』

Rosenstein, Bruce. *Living in More Than One World.* San Francisco: Berrett-Koehler Publishers, 2009.『複数の世界を生きて』

Sachar, Howard M. *A History of the Jews in America.* New York: Alfred A. Knopf, 1992.『アメリカのユダヤ人の歴史』

Suzuki, Daisetz T. *Zen and Japanese Culture.* New York: Bollingen Foundation, 1959.『禅と日本文化』

Thoreau, Henry David. *Walden.* New York: Bramhall House, 1854.『ウォールデン』

——. *The Maine Woods.* New York: Bramhall House, 1864.『メインの森』

Zborowski, Mark & Herzog, Elizabeth. *Life with People.* New York: Schocken Books, 1995.『同胞との生活』

池波正太郎『日曜日の万年筆』新潮文庫、一九八〇年。

——『男の作法』新潮文庫、一九八一年。

——『ないしょないしょ』新潮文庫、一九八八年。

——『黒幕』新潮文庫、一九九一年。

——『武士の紋章』新潮文庫、一九九四年。

――『鬼平犯科帳』一巻～二十四巻．文春文庫、一九八八～二〇〇〇年。

ヴェルヌ、ジュール『十五少年漂流記』石川湧訳、角川文庫、一九五八年。

大内兵衛ほか『私の読書法』岩波新書、一九六〇年。

加賀乙彦『ある死刑囚との対話』弘文堂、一九九〇年。

神谷美恵子『生きがいについて』みすず書房、一九八〇年。

斎藤茂男『妻たちの思秋期』共同通信社、一九八二年。

新堀通也『日本の学会』日経新書、一九七八年。

立山良司編『イスラエルを知るための六十章』明石書店、二〇一二年。

ドストエフスキー、フョードル『死の家の記録』工藤精一郎訳、新潮文庫、一九七三年。

中野孝次『良寛にまなぶ「無い」の豊かさ』小学館文庫、二〇〇〇年。

――『風の良寛』文春文庫、二〇〇四年。

三浦綾子『道ありき』新潮文庫、一九六九年。

――『この土の器をも』新潮文庫、一九七〇年。

――『光あるうちに』新潮文庫、一九七一年。

――『天北原野』上・下巻．新潮文庫、一九七六年。

――『泥流地帯』新潮文庫、一九七七年。
――『続泥流地帯』新潮文庫、一九七九年。
――『氷点』上・下巻、角川文庫、一九八二年。
――『続氷点』上・下巻、角川文庫、一九八二年。
――『青い棘』講談社文庫、一九八六年。
村上春樹『やがて哀しき外国語』講談社文庫、一九九七年。
――『羊をめぐる冒険』講談社文庫、二〇〇四年。
山崎豊子『白い巨塔』新潮文庫、一九六九年。
――『不毛地帯』新潮文庫、一九七八年。
渡部昇一『知的生活の方法』講談社現代新書、一九七六年。

著者紹介

佐川和茂（さがわ・かずしげ） 一九四八年千葉県生まれ。青山学院大学名誉教授

著書に『青春の光と影　在日米軍基地の思い出』（大阪教育図書、二〇一九年）、『楽しい透析　ユダヤ研究者が透析患者になったら』（大阪教育図書、二〇一八年）、『文学で読むユダヤ人の歴史と職業』（彩流社、二〇一五年）、『ホロコーストの影を生きて』（三交社、二〇〇九年）、『ユダヤ人の社会と文化』（大阪教育図書、二〇〇九年）。共編著書に『ホロコースト表象の新しい潮流　ユダヤ系アメリカ文学と映画をめぐって』（彩流社、二〇一八年）、『ホロコーストとユーモア精神』（彩流社、二〇一六年）、『ユダヤ系文学と「結婚」』（彩流社、二〇一五年）、『ユダヤ系文学に見る教育の光と影』（大阪教育図書、二〇一四年）、『ゴーレムの表象――ユダヤ文学・アニメ・映像』（南雲堂、二〇一三年）など。

『希望の灯よいつまでも　退職・透析の日々を生きて』

2020年1月20日　初版第1刷発行

著　者　　佐川 和茂
発行者　　横山 哲彌
印刷所　　株式会社共和印刷

発行所　大阪教育図書株式会社
〒530-0055　大阪市北区野崎町1-25
TEL　　06-6361-5936
FAX　　06-6361-5819
振替　　00940-1-115500
email=info@osaka-kyoiku-tosho.net

ISBN978-4-271-90013-9 C0195 落丁・乱丁本はお取り替えいたします。
本書のコピー、スキャン、デジタル化等の無断複製は著作権法上での例外を除き禁じられています。本書を代行業者等の第三者に依頼してスキャンやデジタル化することは、たとえ個人や家庭内での利用であっても著作権法上認められておりません。